KB154785

열대탐닉

熱帶耽溺

열대 탐닉

熱帶 耽溺

> 신이현의 열대를 보내는 다섯 가지 방법 <

이야기가있는집

프롤로그

열대로 들어가는 문, 나의 수영장

● 이 이야기는 내가 열대에 사는 동안 만났던 나를 포함한 5인에 대한 이 야기다. 무덥고 무더운, 지루하게 긴 하루가 끝없이 늘어선 나날이었다. 때 마침 강변에 있는 호텔 수영장에서 프로모션 플래카드를 내걸었다. 나는 3 개월 가격으로 1년 수영회원이 되었고 거의 매일 그곳에 갔다. 더위는 무지 막지했고 사람들은 파라솔 아래 축 늘어져 있었다. 그들은 과거와의 연을 끊고 미래에 대한 계획도 없는 사람들처럼 보였다. 그런 것들이야 어찌되 든 말든 지금은 누워 있을 테니까 상관 말아 줘, 그런 태도들이었다.

우리는 이렇게 비슷한 포즈로 늘어져 서로를 보았다. 나는 그들을 보았 고 그들도 나를 보았다. 우리는 서로의 벗은 몸을 속속들이 알았다. 처지거 나 울룩불룩하거나 점들이 가득 박혔거나 수술한 칼자국이 난 몸매들, 어 디선가 피곤한 인생을 산 사람들이 분명했다. 늘어져 누워 피우는 게으름 은 전염성이 강했다. 탈의실에서 수영복으로 갈아입고 강한 햇빛을 받으며 걸어와 작은 파라솔 그늘 아래 놓인 의자에 눕는 순간 어떤 쾌락이 왔다. 아 무 생각도 없는 순간, 그저 누워 눈을 감는 순간에만 찾아오는 쾌감을 우리 는 알고 있었다. 그런 모습을 보고 있노라면 뭉클한 감동이 몰려왔다. 인간 이라면 이런 시간을 가져야 한다. 늘어진 나를 보고 그들 또한 똑같은 생각 을 했을 것이다.

먹고 마시는 것도 마찬가지였다. 서로 늘어진 것을 보고 늘어졌던 것처 럼 서로 마시는 것을 보고 마셨다. 주로 맥주였다. 이 도시의 술집에서는 어디를 가든 맥주잔에 얼음을 넣어 주었다. 아가씨들이 얼음통을 들고 다니다 맥주잔에 얼음이 녹으면 재빨리 얼음덩이를 넣어 주는 식이었다. 맥주는 점점 연해져서 보리 주스처럼 되어 버렸다. 나는 얼음이 든 맥주를 좋아하지 않았는데 결국 좋아하게 되었다. 나중에는 얼음 없는 맥주가 나오면 불평을 했다. 얼음으로 연해져 버린 맥주는 오래 마실 수 있었고 취하지도 않았다. 열대 시간에 맞춘 술 마시기의 방법이었다. 밀도가 낮은 맥주를 마시다 보면 인생의 밀도도 낮아졌다. 모든 것이 느슨해졌다.

무엇인가를 결심하기 위해 이곳에 왔지만 결국 터득하고 가는 것은 아무것도 하지 않는 것이었다. 하염없이 열대의 태양 아래 누워 있었다. 그렇게 누워 맨살을 말리면 그 끝에 찾아오는 것이 있었다. 갈증이었다. 입이 바싹 타고 온몸의 세포가 말라붙었다. 맥주를 마셔야 하는 시간이었다. 얼음이 출렁거리고 유리잔에는 물방울이 툭툭 흘러내리는 맥주를 마시는 순간, 나는 인생에서 누려야 하는 것이 압축적으로 내 입안으로 흘러들고 있음을 느꼈다. 열대의 태양 아래 갈증이 나도록 몸을 태운 뒤 시원한 맥주를 마시는 것, 쾌감의 절정이었다.

어쩌면 열대병을 앓고 있었는지도 모르겠다. 너무 많은 열대 과일을 먹은 탓이라는 생각도 했다. 나는 이상하고 야릇한, 참으로 많은 열대 과일을 맛보았다. 황홀한 맛이었다. 영하의 맹추위를 견디고 살아남은 사계절 과일들의 달콤함에는 딱딱한 긴장감이 있었다. 그런 과일을 먹고 사는 사람들은 삶의 목표가 뚜렷하지만 차갑고 전투적인 성향이 강했다. 반면 열사의 과일들에는 뜨거운 즙이 흘렀고 부드러웠다. 먹는 순간 아무 생각이 없어져 버렸다. 달콤함에 취해 가는 그 순간이 좋기만 했다. 이것으로 끝, 그러니까 말 시키지 마. 이렇게 되어 버렸다. 수영장에 누운 5인이 그랬다. 그들은 진정 열대 탐닉자들이었다.

열사의 나라에 살면서 지인들에게 '열대라고 하면 가장 먼저 무슨 생각이 떠오르는가'에 대한 질문을 던지곤 했다. 많은 이들이 적도 근처의 뜨겁고 건조한 땅이 생각난다고 대답했다. 이글거리는 태양 아래 바싹 말라 버린 땅, 사막에 부는 황량한 모래 바람 속을 걸어가는 사람들, 낮에는 뜨겁고 밤에는 추운 텅 빈 땅에 사는 고독한 사람들의 인생, 그런 것이 떠오른다고 말했다. 그러나 나의 열대, 내가 겪은 6년 동안의 열대는 적도의 열대와는 전혀 달랐다.

나의 열대는 황량한 바람이 불지 않았다. 쓸쓸하게 텅 비어 있지 않았다. 그 반대로 꽉 차 있었다. 그것도 아주 높은 밀도의 온갖 냄새들로 압축되어 붕붕 떠다녔다. 열대 과일 냄새가 있었고 우기의 비 냄새와 건기의 먼지 냄새가 있었다. 정전의 밤 모토가 뿜어내는 매연 냄새가 있었고 강변의 황혼과 연꽃으로 뒤덮인 들판과 끝없는 코코넛 나무들이 드리운 그늘 냄새가 있었다. 그리고 무엇보다 사람들의 땀 냄새가 있었다. 행복하거나 불행하거나, 아주 불행하거나, 어찌되었거나 달콤했다. 아무리 쌉쓰름한 인생이라

해도 이 수영장에 누워 있는 순간 좀은 달콤함에 젖어 어쩔해졌다. 이렇게 나의 열대는 사계절에 사는 내 지인들의 것과는 좀 다르게 체험되었다.

　지구 어딘가에서 이곳까지 흘러와 함께 수영장을 나눠 썼던 나의 친구들, 다들 좀 지쳐 있었지만 그곳에서 만나는 순간 우리는 그저 행복해져 버렸다. 사계절 나라에서 온 나에게 이 수영장은 열대로 들어가는 첫 관문이었다. 나는 그들 모두에게 내가 무척이나 좋아했던 과일 이름을 붙여 열대 탐닉의 한때를 소설 형식으로 그려 보았다. 이렇게 해서라도 열대의 소중한 공기를 별 볼일 없이 흡입하고 흘려보낸 그들에게 내 무한한 사랑을 표시하고 싶었다.

청년 잭프루트의 경우,

시시껄렁하고 뒤죽박죽인 열대의 나날들

● 그를 잭프루트의 잭이라고 부를까 패션프루트의 패션이라고 부를까 좀 망설였다. 결국 잭으로 낙찰되었다. 그는 오후 4시 즈음 수영장에 나타났다. 그가 오면 짠, 하고 빛나는 소리가 났다. 말하자면 그런대로 괜찮은, 수영장을 둘러싼 우리 중 가장 쓸 만한 몸매의 남자였다. 등짝에서부터 엉덩이까지 날렵한 실루엣으로 쭉 뻗어 옆에서 볼 때 그 아름다운 곡선은 눈을 홀리게 했다. 특이하게도 그는 꼭 준비운동을 했다. 뜨거워 죽을 지경인 땡볕 아래 준비운동 같은 걸 하다니, 모두가 그를 주목했다. 수영선수처럼 허리를 숙여 팔다리를 털고 나면 무릎을 굽히고 돌리고 어깨와 목을 돌리는 등의 그 모든 동작에는 절도가 있었다.

준비운동이 끝나면 방수 시계를 꾹꾹 눌려 시간을 체크하고 다이얼을 돌렸다. 그는 수영장이 뭔지 안다는 표정이었다. 이윽고 물에 뛰어들었다. 슈슝, 인상적인 소리를 내면서 30분간의 수영이 시작되었다. 나는 그가 한국 남자임을 간파했다. 경험상 이곳에서 그렇게 멋진 수영 폼을 구사하는 사람은 한국 사람뿐이었다. 거기다 날선한 배와 어깨는 체육관 같은 데서 정성들여 다듬은 근육이었다. 우리나라 사람들은 자신의 몸매가 멋지지 않으면 벗기를 두려워했고, 자신의 수영 솜씨가 뛰어나지 않으면 물속에 들어가기를 거부하는, 꽤나 까다로운 사람들이었다.

대부분의 사람들은 그냥 그렇게 망가진 몸으로 물 위에 죽은 개구리처럼 둥둥 떠다니는 수영법을 구사했다. 웬만해서는 눈 뜨는 법이 없는 망고 아저씨도 경쾌하게 가는 물소리에 눈을 떴다. 그는 웨이터에게 잭을 불러 달라는 눈짓을 했다. 웨이터가 잭에게 가서 무슨 말인가를 전하자 잭은 멋지게 헤엄쳐서 망고 아저씨에게 갔다. 망고 아저씨가 그의 귀에 대고 무슨 말인가를 하자 잭의 얼굴이 붉어졌다. 잭은 고개를 틀었고 나와 눈이 마주쳤다. 그는 터벅터벅 나를 향해 걸어왔다.

"뭐, 열대 수영장에서 헤엄치려면 예의를 갖추라네요. 그러니까 이 물에서는 시끄러운 소리를 내면서 수영을 하면 안 된다는 거예요. 공기가 흔들린다나 어쩐다나, 제기랄."

수영을 그렇게 멋지게 하고도 창피를 당하다니 억울하다는 표정이었다. 이렇게 해서 우리는 말을 트게 되었고 많은 열대의 시간을 함께 보내기 시작했다. 그는 강박증에 시달리는 아이처럼 수영을 해댔고 늘 망고 아저씨로부터 시끄럽다는 지적을 받았다. 그는 어깨를 으쓱했다. 이런 표정으로. 그래서 뭐 어쩌라고? 그는 계속해서 시끄럽게 물장구를 쳤다. 결국 그가 승리했다. 그는 수영을 멈추지 않았고 망고 아저씨는 꽃으로 귀를 틀어막아 버렸다. 철들지 못한 어린 돌고래처럼 공기를 휘저으며 실컷 수영을 하고 나면 잭은 곧장 내게로 왔다. 말을 튼 첫날부터 그는 나에게 어느 동네에 사느냐, 여기에서 무엇을 하느냐, 여행 중이냐, 나이가 몇이냐 등 기본적인 인적 사항들을 거침없이 물었다. 버릇없는 놈이었다.

"전 지금 여행 중이에요. 아니, 방황 중이라고 해야 되나? 벌써 2년째 이러고 있으니까요. 좋게 말하면 치열한 인생의 장을 통과하고 있는 중이라고 해야겠죠. 나쁘게 말하면 뭐, 그래요, 폐인이 되어 가고 있는 중이고요. 그런데 수영장에서 수영은 안 하고 이렇게 누워만 있다니 좀 너무하신 거 아니에요? 여기 벌러덩 누워 있는 사람들, 죄다 마음에 들지 않아요, 제기랄."

그는 팔짱을 끼고 부루퉁하게 내가 듣든 말든 지껄여 댔다. 그러고는 담배를 거푸 세 개비 정도 피웠다. 망고 아저씨를 째려보며 콧방귀를 뀌고 연기를 뿜어 댔다. 그러다 공기를 더럽히는 예의 없는 놈이라는 지적을 당했다. 그는 온 세상이 그의 적이라고 신음 소리를 냈다.

"그런데 코코넛 물을 좋아하시나 봐요."

그는 코코넛에 대해서라면 좀 안다는 표정으로 말했다. 나에게 맥주는 2차였고 1차는 늘 코코넛 주스였다. 땅 위에서 나오는 마시는 것 중에 가장 맛있는 물이라고 생각했다. 코코넛 바가지 위에 꽂혀 나오는 앙증맞은 종이 양산이 좋았다. 지구 어느 모퉁이 수영장에 누운 내 모습을 위성에서 내려다본다면 바로 이런 모양이 될 것 같았다.

이 물맛을 어떻게 표현할까. 평화의 맛이라고 해야겠다. 코코넛 물이 내 몸속으로 들어오는 순간 매사 사소한 번뇌로 충돌하는 내 마음은 안정을 되찾았다. 거짓말처럼 평화의 순간이 왔다. 하늘 높이 매달린 코코넛 열매를 보면 평화, 평화, 평화, 라는 글자의 바가지가 대롱대롱 매달려 있는 것

청년 잭프루트의 경우,
시시껄렁하고 뒤죽박죽인 열대의 나날들

같다. 어떻게 물이 나무의 열매가 될 수 있는지, 물이 열리는 나무라니, 축복의 열매였다.

그런데 내 평화의 열매가 쟤에게 가서는 아주 퇴폐적인 물이 되어 있었다.

그러니까 내가 처음으로 여기 와서 여자와 잤을 때 이야기죠. 부끄러운 고백이지만 난 그때까지 여자와 자본 적이 없었답니다. 그 여자가 마음에 들었던 건 맨발 때문이었어요. 정확하게 말하자면 겨우 발가락을 꿰고 있는 슬리퍼에 반했어요. 하얀색 몰랑몰랑하고 더럽고 납작한 슬리퍼였는데, 발톱에는 까만색이 칠해져 있었어요. 어쩌면 때였을까요? 그걸 보고 있는데 왠지 내 사타구니 쪽이 뜨거워지더라고요. 젠장, 그런 것에 흥분해서 뜨거워지다니 정상적인 것 맞나요?

아무튼 간에 나는 정말 놀랐죠. 말하자면 그때까지 난 내가…… 그러니까 내가 고자인 줄 알았거든요. 더러운 발을 따라 고개를 들어 보니 한 여자가 생긋 웃고 있었어요. 나를 보고 그렇게 상냥하게 웃는 여자도 있다니, 즉시 사랑에 빠져 버렸어요. 아니, 그렇게 쉽게 빠지다니 그런 것도 사랑이라고 할 수 있나요? 그렇지만 그 순간, 그 여자가 미치게 좋더라고요. 그래서 그 여자를 따라가서 일을 치르게 되었는데, 그런데 그걸 왜 일이라고 하죠?

사랑을 나누었다? 이것도 아니고, 성교를 했다? 이것도 마음에 들지 않고. 그냥 섹스라고 말하죠. 섹스를 했어요. 기분이 너무 좋았어요. 나는 맨발로 밖으로 뛰어나갔어요. 나는 수컷이다! 맨발로 땡볕을 뛰어다녔으니 완전 미친놈이었죠.

이 날을 기념해야겠다는 생각이 들었어요. 문신 가게가 보여서 거기에 갔죠. 어깨에 작은 하트를 새겨 넣었어요. 문양이 어쩌나 유치하던지, 금방 내가 나눈 사랑처럼 허술하고 빈약했어요. 젠장, 그래서 마음에 들었어요. 내 인생의 질은 좀 떨어지는 듯했지만 인생의 진실에는 좀 더 가까워져 가는 기분이 들었어요.

다시 걸어가다 보니 목이 말랐어요. 땀에 흠뻑 젖어 있었죠. 어떤 놈이 코코넛을 리어카에 싣고 가더라고요. 하나 달라고 했죠. 큰 칼로 뚜껑을 날리고 주더라고요. 빨대도 없고 그냥 들이마셨죠. 아, 그 물맛이라니! 미지근하고 은근히 달콤하면서 콕 쏘는 맛이 나면서 갈증이 해소되었어요. 물을 다 마시고 나니까 그 바가지를 반으로 쪼개 주더라고요. 코코넛 껍질로 숟가락을 만들어 주면서 속살을 긁어 먹으라고 하더군요. 나는 그냥 바가지 안에 코를 박고 짐승처럼 빨아 먹었죠.

보들보들하고 하얀 속살이더군요. 뭐라고 할까요. 조금 전에 들어갔던 깊은 자궁을 떠올리게 하는 미끈거림, 따뜻함, 촉촉함, 부드러움, 향긋함, 짜릿함…… 발톱이 더러운 그 여자애…… 내 주머닛돈을 홀랑 다 뺏어 가버린 못된 창녀였지만 또다시 돌아가 그 안에 들어가고 싶어지더라고요. 그래서 코코넛 통을 던지고 미친개처럼 헐떡헐떡 달려갔죠. 그러니까 바로 그 맛이라는 거죠. 향긋하고 부드럽지만 무척이나 퇴폐적인 맛이죠.

한밤중에 잭이 나를 불러냈다. 열대에 살면서 오밤중에 외출한 적이 거의 없었다. 너무 캄캄하고 대중교통도 없기 때문이었다. 사실 불러 주는 사람도 별로 없었다. 아이를 키우면서 나는 가정적인 아낙이 되었다. 늘 내 몸을 보호하려 했고 그것이 내 아이를 보호하는 일이라고 생각했다. 그런데 잭이 부르면 거부할 수 없었다. 그 이유를 알 수 없었고 그 이유를 알고 싶어 그를 만나러 갔다.

역시나 좀 퇴폐적인 장소였다. 밥집과 술집을 겸한 게스트 하우스였다. 전체적으로 어두컴컴한 마당 한가운데 동그란 수영장이 있는 집이었다. 물속에는 여자 셋과 남자 둘, 젊은 청춘들이 선 채로 맥주를 마시며 속닥거리고 있었다. 수영장 옆 널쩍한 마루에는 두꺼운 요로 된 방석과 푹신한 등받이가 놓여 있었다. 그 등받이에 기대면 거의 누워서 술을 마시는 꼴이 되었다. 실제로 다들 드러눕거나 비스듬히 누워서 술을 마시며 노닥거리고 있었다. 어슴푸레한 수영장 물속의 조명에 익숙해지니 술상에 씌워진 싸구려 탁자보의 더러운 얼룩이 눈에 들어왔다. 사방에 놓인 장식 항아리와 부처

청년 잭프루트의 경우,
시시껄렁하고 뒤죽박죽인 열대의 나날들

님상도 시멘트로 된 부서져 가는 것들이었다. 모든 것이 형편없었다.

"수영하지 그래?"

"싫습니다."

"수영하면서 뽐내는 것을 좋아하는 줄 알았더니."

그가 콧방귀를 뀌었다. 맥주가 왔다. 우리는 말없이 건배를 하고 조금 마셨다. 하루가 끝나고 밤이 되어 흥청거리는 시간이 시작되고 있었다. 도마뱀이 울고 뒤이어 고양이 울음소리가 들려왔다. 개도 짖었다. 멀리서 다른 개가 화답하고 더 멀리서 다른 개가 화답했다. 어둠 속에서 온통 개 짖는 소리가 울려 퍼지는 밤이었다. 이런 분위기에서라면 처음 만난 사람과도 손잡고 바로 저 위 게스트 하우스 방으로 갈 수도 있을 것 같았다. 무엇인가 사고를 치도록 유혹하는 밤공기가 붕붕 돌아다니는 것이 보였다. 낮은 술상에 일렁이는 촛불을 보면서 우리는 아무 말도 하지 않았다. 별로 할 말이 없었다. 같은 나라 사람이라는 것 외에 서로 주고받을 공통 주제가 별로 없었다. 그런데도 왜 만났을까.

"그럼 누님이라도 수영하세요."

"저 물속에?"

"저 물이 어때서요?"

"저 수영장은 뭔가 불결해 보여."

이 골목길엔 싸구려 게스트 하우스들이 집단촌을 이루고 있었다. 조그

만 창 하나에 찌그러진 침대, 더러운 침대보와 베개, 천장에 매달린 역시 더
러운 선풍기. 여행길에서 우연히 만난 청춘들은 일인용 침대에서 엉켜 뒹
굴다 바로 이 수영장으로 뛰어들 것이다. 그러니 저 물에는 지구 어디선가
에서 온 청춘들의 땀과 타액, 정자 들이 씻겨 떠다니고 있을 것이다.

"화제를 좀 바꿔 볼까? 건전한 걸로."

"그럼 내가 왜 수영을 잘하는지 얘기해 드릴게요."

　열 살 때 수영을 시작했으니까 20년 이상 쉬지 않고 했네요. 그래요. 서
른다섯입니다. 마흔다섯으로 보인다고요? 네? 열다섯으로 보인다고요? 맞
아요, 전 거기서 성장을 멈추었어요. 집중력을 키우고 잡생각을 없애기 위
해서 시작한 운동이었죠. 매일 아침 엄마와 수영장에 갔어요. 그 덕분인지
공부를 잘했어요. 영특한 아이였죠. 엄마는 부드러운 마녀였어요. '아들아,
잡생각이 나지? 자, 왕복 열 번만 해. 잡생각이 싹 사라질 거야. 우리 아들
최고.' 나는 마법에 걸린 인형처럼 수영을 했고 거짓말처럼 잡생각은 사라
졌죠. 잡생각…… 대체 그때 내가 해야 했던 잡생각은 무엇이었을까요? 한
번씩 그게 궁금해요.

　빌어먹을, 난 20년 동안 공부하고 수영하고, 공부하고 수영하고…… 그
것만 했어요. 그리고 취직을 했어요. 물론 아주 좋은 기업에 엘리트 사원이

되었죠. 아침마다 하얀 와이셔츠에 반짝거리는 구두를 신고 회사로 갔죠. 그러니까 그때부터는 일하고 수영하고, 일하고 수영하고……. 오, 빌어먹을! 또 그렇게 살았죠. 그런데 어느 날 지하철에서 나와 회사 앞에 이르렀는데, 저런, 저게 누구야? 유리문에 비친 어떤 남자를 보고 발을 멈추었죠. 창백한 남자라고 할까요, 슬퍼 보인다고 할까요, 불쌍해 보인다고 할까요. 나였어요. 나는 슬퍼 보였어요. 아니, 슬픈 눈길로 나를 보고 있었어요. 누구에게나 부러움의 대상이었는데, 내가 나를 가엾게 보고 있더군요. 결국 이렇게 되다니, 가슴이 아팠어요.

그냥 그 자리에 서 있었어요. 바람이 솔솔 부는 날이었어요. 벌써 동료들은 빌딩 안으로 술술 빨려 들어가고 있었죠. 회전문이 찰칵거리며 사람들을 흡수하고 있었어요. 그 광경을 보니 제기랄, 기분이 묘하더라고요. 거기 빨려 들어가는 동료들이 뇌가 빈 멍청이들처럼 보였어요. 집단 수용소로 들어간다고 해야 하나, 누군가의 왕궁으로 들어가는 하인 집단이라고 해야 하나, 밤 동안 잠깐 외출했다가 감옥으로 돌아가는 무기수라고 해야 하나……. 젠장, 저 짓을 언제까지 해야 하지? 이건 아무래도 미친 짓이야. 난 이제 못해. 그러니까 잡지 마!

아마도 날씨가 너무 좋았기 때문일까요. 그날 아침 불어온 바람은 좀 달랐어요. 바람은 내 머리카락을 살살 날리며 말을 걸어왔어요. 바람의 말을 듣자니 내 입에서 침이 고였어요. 나는 어딘가 다른 곳으로 가는 느낌이 들었죠. 이상한 아침이었죠. 유리문에 비친 등 뒤의 빽빽한 빌딩들이 녹아내리는 것이 보였어요. 문명들이 허물어지고 해체되기 시작했어요. 그리고 그 뒤로 나무가 올라왔어요. 하나 둘, 나무가 올라오고 넝쿨들이 휘감기면서 야생의 숲으로 변해 버렸어요. 그것을 배경으로 서 있는 남자, 나는 행복해 보였어요. 나는 한 마리 야생 동물이 되어 돌아섰어요. 숲으로 뛰어들 생각이었죠. 그런데 아니었어요. 빌딩들이 내 앞을 막고 있었어요.

아까 그 바람은 대체 어디서 불어왔을까요? 아주 짧은 순간이었어요. 그리고 다시 빌딩 숲에 돌아온 거예요. 이곳으로부터 도망쳐야 한다…… 잡생각과 반항이 부글부글 치솟았어요. 사춘기가 그제야 시작된 것이었을까요? 그날의 그 바람의 느낌이, 등 뒤에서 녹아내린 뒤 야생으로 변한 풍경이 사라지지 않았어요. 그래서 그냥 도망쳐 버렸죠. 회사 가방을 든 채로.

가끔 엄마를 생각해요. 보고 싶어요. 그냥 그렇게. 내 인생의 한때를 백지로 만들어 준 사람. 그러게 나를 좀 놔주시지 그랬어요. 그때 그냥 적당히 잡생각도 하고 잡짓도 좀 하게 풀어 줬더라면 지금 이렇게 부질없는 방황은 하지 않을 텐데 말입니다. 지금 내 머리통은 엉망이에요. 열다섯에 하는 방황을 이제야 하고 있으니까요. 그러면서도 마음은 언제나 죄책감으로 가득해요. 어떻게 살아야 하는 건지, 불안해요. 다시 돌아가 아등바등 인생을 계속해야 하는 건지. 언제쯤 이 모든 것에서 자유로워질 수 있을까요? 아, 이런 이야기를 하고 있으니 너무 우울해지네요.

그게 다 저 수영장 때문이죠. 어린 나이에 하는 지나친 수영은 위험한 짓이에요. 부작용이 분명히 있는데 그것이 너무 늦게 나타나기 때문에 해결하기가 좀 어렵죠. 그 좋은 예가 바로 저죠.

"이건 해피 샐러드예요. 베리베리 해피 샐러드, 별 다섯 개짜리."

맥주 몇 병에 이미 해피해진 상태에서 나는 해피 샐러드를 먹으며 베리베리 해피해지고 있었다. 샐러드 안에 무엇을 넣었는지는 모르겠지만 먹을수록 몸이 몇 센티씩 더 높이 공중 부양을 했고 눈앞에는 무엇인가 붕붕 날아다녔다. 그것을 잡으려고 손을 뻗으면 그냥 눅눅한 공기였다. 그는 물속 아가씨 하나를 가리키며 예쁘지 않느냐고 물었다.

"눈이 썩었구나."

나의 대답에 그는 콧방귀를 뀌었다.

"오늘 밤 저 애를 꼬실 거예요."

여자 셋에 남자가 둘뿐이니 짝이 하나 더 필요하다는 것이 그의 주장이었다. 그는 맥주병을 들고 수영장으로 걸어갔다. 맥주와 해피 샐러드로 적당히 몸이 풀린 그는 옷을 입은 채 첨벙 물속으로 뛰어들었다. 여자들이 비명을 지르며 잭의 화끈한 입수를 환영했다. 지구 어디쯤에서 온 청춘들인지 짐작이 가지 않는 다양한 색깔의 얼굴들이었다. 그들은 지저분한 물을 휘젓고 다니며 깔깔대고 서로를 희롱했다. 사랑이란 대체 뭘까? 누군가 이렇게 말했다. 아픔이지! 누군가 대답하자, 나도 바로 그렇게 생각하던 중이었어! 와우, 우리 너무 잘 통한다! 그런 의미에서 맥주 한 병씩 더…… 어쩌고 저쩌고, 유치찬란한 이야기를 어쩌나 크게 하는지 내 귀가 아팠다.

한때 나 또한 통과했던 청춘, 그때는 모든 것이 빨리 지나가 버리기를 기도했다. 청춘이 싫었고 인생이 싫었다. 마구잡이로 인생을 소비했던 시절이었다. 이제 다 지나와 버렸는데, 이곳에 오니 새로운 청춘들이 열기를 띠고 붕붕 날아다니고 있었다. 술을 홀짝이며 그들을 보고 있자니 기분이 좀 지랄 같았다. 여기에 오려고, 빨리 늙어 버리려고 그렇게 노력했는데, 늙어서 청춘을 보고 있자니 갑자기 퇴물이 된 기분이 들었다. 이쯤해서 청춘을 다 써버린 빈 껍질은 집에나 가야겠다.

일어서서 나갔지만 아무도 나를 붙잡지 않았다. 게스트 하우스 앞에는 툭툭도 없고 모토 택시뿐이었다. 이런 캄캄한 밤에 모토 택시를 타야 한다니, 해피 샐러드를 먹었기 때문에 무서운 줄도 모르겠다. 모토 운전기사가 시동을 걸고 출발했다. 내 머리통이 그의 뒤통수에 쿵 박혔다. 이런, 별로 기분이 나쁘지도 않다니 베리베리 해피 샐러드를 너무 많이 흡입했나 보다. 나이 들어 버려서 좋은 것도 있었다. 이 모든 것은 사라질 것이고, 그래서 안타깝고, 그래서 이 순간을 사랑할 수 있다는 것이었다.

모토는 뜨뜻미지근한 열대의 밤공기를 가르며 달려갔다. 부릉부릉, 신나는 소리를 내며 꼬불꼬불 캄캄한 밤길을 달려가는 폼이 어디 망고가 수북이 떨어진 으슥한 곳에 나를 휙 버리고 갈 것만 같았다.

아침 일찍부터 아파트 경비가 찾아와서 저 아래에서 손님이 기다리고 있다고 했다. 내려가니 잭이었다. 그는 참 가관인 몰골을 하고 삐딱하게, 반항하는 청소년처럼 서 있었다. 이런 꼴을 하고 있으니 경비가 집으로 바로 올라가게 했을 리가 없었다. 어제 저녁 해피 샐러드를 먹고 좋아하더니 완전히 구겨진 양철 꼴을 하고 있었다. 얼굴이 엉망으로 멍이 들어 있었다. 여기저기 긁히고 뜯기고, 그냥 맞았다기보다 물어뜯겼다고 해야 하나 저 멍들은.

"그 예쁜 아가씨 솜씬가 보네. 대단하군."

"아니에요. 그러니까……."

그러니까 어젯밤 그 게스트 하우스에서 만난 그 아가씨와 놀고 있는데 어떤 여자가 쳐들어왔다. 문제가 커진 것은 또 다른 여자가 왔고, 그러자 두 여자가 말싸움을 했다. 그러자 어젯밤 만난 여자가 싸움에 가세를 하고, 그가 도망치려고 하자 세 여자가 동시에 그를 꼬집고 물어뜯고 할퀴고 때리고…… 혼자 듣기 아까운 화려한 이야기를 줄줄이 늘어놓았다.

"그런데 지금 배가 너무 고파요."

잭은 이렇게 말하고는 앞장서서 걸어갔다. 주머니에 손을 찔러 넣고 뻔뻔스럽게 건들거리며. 오렌지색 태양이 저만큼 떠올라 이제 곧 이글이글 불타오를 준비를 하고 있었다. 오늘도 죽도록 더울 거니까 각오들 해, 태양이 이렇게 말하는 것 같았다. 바닥에 무엇인가를 발견하고 그가 쪼그려 앉았다. 말라붙어 납작해져 버린 도시의 쥐였다. 그는 골똘하게 쥐를 보았다. 이건 꼭 나 같아요, 그런 표정이었다.

"난 한 번도 사랑을 해본 적이 없어요. 어느 날 아침에 일어났더니 그 여자가 내게 이런 말을 하고 가버릴까봐 두려웠어요. '미안, 이제 더 이상 널 사랑하지 않아. 사랑이 사라져 버렸어. 더 이상 거짓말하기가 힘들어.' 그런데 이봐요, 태양에 말라 버린 이 생쥐, 얜 진정한 사랑을 했을까요? 어느 날 이렇게 바싹 말라 납작하게 죽을 줄 알았더라면 분명히 좀 다른 인생을 살았겠죠?"

잭은 길거리 식당으로 갔다. 이 근방에서 제일 싸고 맛있는 집이라고 말했다. 대로에서 골목길 안으로 들어가는 입구를 차지한 거리 식당이었다. 목욕탕 의자에 나지막한 탁자들이 길게 늘어서 있었다. 탁자 위에는 식초에 절인 고추 통과 소금, 설탕과 같은 조미료들이 때가 꼬질꼬질한 플라스틱 통 안에 담겨져 옹기종기 놓여 있고 커다란 찻주전자도 있었다. 사람들은 목욕탕 의자에 다닥다닥 붙어 앉아 소금 달라, 조미료 달라, 찻주전자 달라 하며 이쪽저쪽에서 소리 지르고 웃고 떠들었다.

이곳 사람들은 아침을 집에서 먹지 않았다. 대부분의 사람들이 밖에 나와서 밥을 먹었다. 식당도 아침 시간이 가장 붐볐다. 나는 이 습관이 너무 마음에 들었다. 아침부터 불을 피우고 음식을 볶고 그릇을 씻는 일들은 하루를 시작도 하기 전에 삶에 지쳐 버리게 했다. 다들 아침에 가는 단골집을 한두 곳쯤은 가지고 있었다. 나도 그랬다. 네 곳 정도의 좋아하는 아침 식당이 있었지만 거리 식당은 처음이었다.

내 발치에는 고양이가 쓰레기 봉지라도 뜯어 놓은 것처럼 사람들이 입을 닦고 버린 휴지들로 수북했다. 이 열대 사람들은 길거리가 그냥 거대한 휴지통이라고 생각했다. 종업원들도 식탁 위의 쓰레기는 그대로 바닥으로 쓸어내린다. 바닥 쓰레기통은 영업이 끝난 뒤 한 번 쓰윽 비질하면 깨끗이 해결된다. 여자가 장작불을 때고 남자가 국수를 만들었다. 의자가 모자라 쓰레기밭에 쪼그리고 앉아 먹는 사람도 있었고 고양이나 개가 와서 어슬렁거리며 휴지 사이에 코를 박는 것도 보였다. 그 와중에 오후 4시의 열대 태양과 꼭 같은 색깔의 승복을 입은 스님도 왔다. 사람들은 국수를 먹다 말고 일어서 신발을 벗고 시주를 했다. 스님의 맨발에 이마를 대고 머리를 조아리면 스님은 축복을 내렸다. 뒤죽박죽이면서 뭔가 뭉클해지는 장면이었다.

국수를 삶아 그릇에 육수를 부으며 흘러가는 인생이 있었고, 국수 먹는 사람을 찾아다니며 축복을 내리면서 흘러가는 인생도 있었다. 맨발의 어린 스님 발에 묻은 고깃국물을 핥는 고양이의 인생도 있었고, 수북이 쌓이는 휴지의 인생도 있었다. 열대우림에서 태어났다 어떤 여자의 눈물 젖은 일기장이 되었다가 폐기처분된 뒤 재활용 휴지로 다시 태어나 이곳까지 흘러온 어떤 나무의 인생도 있었다. 그 휴지 속에 발을 빠뜨린 채 한 소쿠리 나온 푸성귀들을 사랑스러운 손길로 국수 위에 뜯어 넣는 인생도 있었다.

쌉쌀한 푸성귀 맛이 강한 국수였다. 건강식이라고는 할 수 없었지만 맛은 괜찮았다. 잭은 세상에서 제일 싫어하는 것이 건강식이라고 했다. 그는 내게 뜨거운 재스민 차를 따라 주었다. 뜨거운 국물에 뜨거운 재스민 차를 마시니 이마와 목덜미가 땀에 흠뻑 젖었다. 가슴 속으로도 땀이 줄줄 흘러내렸다. 금방 먹었던 열대 푸성귀 냄새와 숯불에 구운 고기 냄새와 코코넛 냄새가 뒤섞인 땀이었다.

잭은 담배에 불을 붙였다. 담배 연기를 빨아들이는 저 충만하고 행복한 표정이라니, 슬쩍 웃음이 났다. 우리 앞으로 작은 트럭 한 대가 멈춰 서더니 운전사가 뭐라고 소리를 질렀다. 골목 끝 쪽에서 국수를 먹던 소년과 소녀들이 트럭을 향해 뛰어갔다. 잭은 볼때기가 움푹해지도록 담배를 빨아 댄 뒤 연기를 모락모락 피워 올렸다. 연기에 휩싸인 그의 옆모습을 보자니 뭐랄까, 참으로 한심해 보였다. 이런 내 눈길을 꿰뚫었는지 그는 좀 더 삐딱하게 담배를 꼬나물며 이렇게 한마디 했다.

"여기서는 담배를 아무 데서나 피워제껴도 돼요. 금연 구역 같은 건 없다
고요."

그래서 나도 한마디 했다.

"그래, 실컷 빨아제껴라. 누가 뭐라냐."

우리는 불타는 태양 볕을 받으며 걸어갔다. 이런 찜통더위에 걸어가다
니 정말 미친 짓이었다. 그러나 그는 미쳤고 나는 미친 그를 좀은 사랑하고
있었다. 미쳤기 때문에 사랑하는 것인지도 몰랐다. 더러운 골목길을 지났고
냄새나는 골목길을 지났고 지저분한 골목길을 지났다. 바나나를 구워 팔거
나 메뚜기를 튀겨 팔거나 오징어를 구워 팔거나 하는 노점상을 지났다. 우
리 뒤로 모토 택시들이 망고에 들러붙는 파리들처럼 붕붕대며 다가왔다.
그들은 우리에게 어디를 가느냐고 물었다. 아무 데도 안 가니까 모토 택시
는 필요 없다고 말하는 것을 본 다른 모토 택시가 와서 또 어디를 가느냐고
물었다. 그러면 그것을 본 또 다른 모토 택시가 와서는 어디 가느냐고 물었
다. 이곳의 대낮 거리는 신비스러운 구석이라고는 없었다.

우리는 결국 사탕수수를 토막 내 유리 상자에 담아 파는 리어카 앞에서
멈추었다. 꼬질꼬질한 셔츠를 입은 소년이 비닐봉지에 사탕수수를 열 토막
씩 넣어 주었다. 우리는 그것을 꾹꾹 씹어 단물을 빨아 마시며 걸어갔다. 그

는 단물을 다 빼먹은 사탕수수 껍질을 바닥에 퉤퉤 방정맞게 뱉었다. 저런 남자가 있으니까 이 거리가 쓰레기통이 되는 것이었다. 덥수룩해진 뒷머리와 펄렁하게 늘어진 더러운 셔츠에 반바지, 발가락에 겨우 걸린, 그가 사랑해 마지않는 낡아빠진 슬리퍼를 끌고 가는 그는 지저분한 것이 완전 현지화되어 있었다.

잭은 사람들이 와글거리는 곳에 멈추었다. 조그만 시멘트 집을 둘러싸고 사람들이 앉아서 뭔가를 팔고 있었다. 양동이에 가득 담긴 연꽃 봉오리, 연꽃과 향이 꽂힌 코코넛 통, 꿀빛 양초, 쌀, 방생을 위해 새장 안에서 파닥이는 새들이 보였다. 청춘 남녀들이 연꽃을 사서 작은 집 안으로 들어가 향을 피우고 절을 했다. 그 안에는 비슈누 상이 서 있었다. 예수나 부처가 팔이 두 개인 인간이었다면 정녕 그는 신이었다. 팔이 네 개였다. 네 개의 팔에는 하얀색 꽃팔찌가 수북하게 끼워져 있었고 팔목 접힌 부분에는 돈이 쌓여 있었다. 시멘트 재질로 된 서툰 조각상으로 때가 꼬질꼬질해서 목욕을 시켜 주고 싶은 신이었다.

"우리 저 새들을 모두 방생할까요?"

"절대로 하지 마."

"왜요?"

"지저분한 새가 날아다니고 또 잡히는 것이 싫다."

"내가 왜 여기를 좋아하는지 혹시 아세요?"

"여자들을 맘껏 꼬실 수 있으니까."

"췌."

그는 소쿠리에 뭔가를 잔뜩 담아서 머리에 이고 가는 아가씨를 불렀다. 아가씨가 소쿠리를 우리 앞에 내려놓았다. 구슬처럼 작은 붉거나 노랗거나 푸르스름하거나 한 열매들이 고춧가루와 설탕으로 간이 된 듯 찐득한 물이 흘러내렸다. 아가씨가 열매들을 고루 섞어서 비닐봉지에 넣어 주는 동안 쥐포 파는 아가씨가 왔다. 먼지를 덮어쓴 쥐포를 사는 동안 또 다른 아가씨가 와서 다슬기와 메뚜기 튀긴 것을 사달라고 요구했다. 그는 그것들을 모두 샀다. 물론 돈은 내가 지불했다. 잭은 이런 것들을 먹으면 더위가 싹 가시고 기분이 좋아진다고 했다. 그는 열매를 먹고 씨를 바닥에 뱉었다. 다슬기를 먹고 껍데기를 바닥에 버렸다. 우리의 발치에 다양한 크기의 개미 군단이 몰려들어 뱉어 놓은 씨들을 어딘가로 옮겨 갔다.

뭔가 마실 것이 필요하다고 느낀 순간 한 소년이 아이스박스를 낑낑 들고 우리에게로 왔다. 우리는 맥주를 마시며 봉지 안에 든 것을 먹었다. 대체로 떫고 신맛이 강한 아직 어린 열매들이었다. 익숙해지기 쉽지 않은 맛이었다. 더구나 머리에는 땡볕이 내리쬐고 발치에는 휴지와 비닐봉지들, 개미들, 작은 벌레들이 와글거렸다. 지린내도 솔솔 났다. 앉아 있는 시멘트 의자도 찐득찐득하고 내 얼굴도 찐득거렸다. 하루살이들이 성가시게 와서 붙었다. 눈에 보이는 모든 것이 한마디로 지저분했다. 사람도 지저분하고 나무

도 지저분하고 개도 지저분하고 고양이도 지저분하고 개미도 지저분하고
발가락도 지저분했다. 그리고 내 옆에 앉아 맥주를 마시며 조그만 열매를
쪽쪽 소리 내어 빨아 먹는 이 남자도 지저분했다. 나는 그의 인생에 대해서
좀 짜증이 나려고 했다. 지저분한 길들을 돌아다니며 뙤약볕을 받았더니
머리가 빙빙 돌았다. 내 인생조차 엉망으로 구겨지고 있는 기분이 되었다.
어딘가 쾌적한 곳으로 가고 싶었다.

"그래, 이제부터는 어떻게 살 거니?"

"그런 사계절스러운 질문은 하지 마세요. 노 프러블럼 마이 라이프!"

손가락 끝에 코딱지를 튕겨 날리듯 말하더니 시끄럽게 콧방귀를 뀌어
댔다.

"이젠 지겹다, 너도, 이 나라도. 모든 것이 구제불능이야."

그는 빤히 내 짜증스러운 눈을 보더니 이렇게 말했다.

"진짜 안 될까요? 이 세상에 이런 미친놈 하나 있는 것이 정말 안 될까
요? 지구 위에 이런 뒤죽박죽 나라 하나 정도는 그냥 받아 줄 수 있는 자비
도 없나요? 유니세프가 왜 있어요? 후원금을 모아 가난한 집구석에 전해
줘야만이 최선인가요? 그냥 이대로 있게 하는 것도 좋은 것 아닌가요? 이
런 페인 같은 놈 하나 정도는 봐줄 아량들은 있어야 진짜 선량한 세상 아닌
가요, 젠장."

그러니까 내가 이곳에 오던 날 날씨가 좋았어요. 요즘처럼 덥지 않았어요. 바로 여기 이 강변에 왔었어요. 황혼이 질 때였어요. 귀한 저녁 바람이 솔솔 불고 있었죠. 한 남자가 보였어요. 아이 둘과 여자와 함께 온 걸 보니 분명 한 집안의 가장이었겠죠. 스물다섯쯤 되어 보이는 젊은이였어요. 대체 그 남자의 직업은 무엇이었을까요? 내 평생 그렇게 더러운 손을 가진 남자는 처음 보았어요. 손과 다리와 발, 어느 하나 더럽지 않은 데가 없었어요. 기름때에 절은, 충격적일 정도로 더러웠어요. 정말 열심히 죽도록 일한 손이었어요. 이마와 목덜미에도 기름이 잔뜩 묻은 걸로 보아 기계를 다루는 직업이었겠죠. 글쎄요, 나는 그런 육체노동에 대해서는 아는 것이 없어요. 한 번도 내 손에 흙을 묻혀 본 적이 없어요.

남자는 연꽃을 사서 팔이 네 개인 신에게 가서 절을 하고 나왔어요. 그리고 참새 세 마리, 식구 수대로 날려 보냈어요. 여자와 아이들이 아주 좋아했어요. 향과 초를 끼워 장식한 코코넛 통을 사서 불을 켜서 강물에 띄우더군요. 매일 이 강가에 올 수 있는 처지는 아닌 것 같았어요. 그렇게 많은 것을 한꺼번에 하는 것을 보면……. 이상하게 내 마음이 울컥해졌어요. 그 남자에게 반해 버렸어요. 그 남자의 더러운 손등이, 그 남자의 그 낡아빠진 셔츠가 가진 가난함이 나를 뭉클하게 해주었어요. 그러니까 그것이 인생이었어요. 야생 숲에서 살아남은 야생동물의 모습. 그 남자가 행복한지 어떤지 그건 모르겠어요. 매일 저녁 부부싸움을 할 수도 있겠죠.

나는 양복저고리를 벗어 강물에 던져 버렸어요. 가방도 던져 버렸어요. 구두도 던져 버렸어요. 대체 저 따위들이 다 뭐야? 그렇게 생각했죠. 그리고 새장 안에 든 새를 다 날려 보내 버렸어요. 화끈하죠? 뭐, 그 새들이 다시 왔는지 모르겠지만. 그러고는 걸어다녔어요. 보시다시피 여긴 모든 것이 엉망진창이죠. 길거리 돌아가는 모양새가 카오스가 따로 없어요. 온갖 굴러가는 것들이 다 나와서 굴러가고, 온갖 사람들이 뭔가를 이고 지고 안고 싣고…… 다들 어디를 그렇게 가시는지! 내 눈이 팽팽 돌아갔죠. 좋았어요. 총체적으로 그냥 편해져 버렸어요. 집을 나가 버린 내 영혼을 다시 만난 기분이었어요. 그래요, 나는 이 너저분한 한가운데서 자유를 느꼈어요.

이곳이 바로 그날 내가 보았던 야생의 숲이라는 것을 알았어요. 나는 한 마리 야생 고릴라가 되어 걷고 또 걸어다녔어요. 배고프면 아무 데나 앉아서 먹고 목마르면 아무거나 마시고……. 여긴 뭐 길거리서 다 해결되잖아요. 아무 벽에나 붙어 서서 오줌도 갈기고 뭐, 그 옆에서 밥도 먹고 잠도 자고. 그냥 멋대로 아무렇게나. 글쎄요, 길을 완전히 잃어버린 것일까, 어쩌면 점점 내가 인간답게 살아가고 있는 것일까, 그런 생각들이 충돌하고 또 충돌하다 보니 이렇게 2년이나 지나 버렸어요, 젠장.

한번은 그가 수영장 의자에 누운 내 앞에 삐딱하니 서서 이렇게 물었다.

"인생을 바꿀 수 있다고 생각해요?"

"바꾸기 어렵지. 로또라도 되면 모를까."

"맞아요. 인생은 절대 바꿀 수 없습니다."

"그렇지."

"그러나 여기서는 가능해요."

"그래, 어떻게?"

"그냥 여기에 와서 살면 인생이 바뀌어요. 나 봐요."

"망한 거지 그건. 그리고 난 별로 안 바뀌었어."

"다 가지고 왔으니까 그렇죠. 말이 안 통하는 아줌마야."

그는 획 돌아서서 가더니 물속으로 뛰어들었다.

또 한번은 수영장에 여자와 함께 왔다. 까맣게 반짝이는 피부에 긴 머리가 엉덩이까지 내려와 허리를 휘감는 날씬한 몸매의 아가씨였다. 잭은 모처럼 수영장에서 '수영'을 하지 않았다. 그는 여자와 나란히 의자에 누워 몸을 태우고 오일로 여자의 다리를 마사지해 주었다. 허벅지와 무릎과 종아리를 정성껏 마사지하더니 갑자기 여자의 발가락을 입안으로 쏙 넣고 오물거렸다. 그러자 여자가 다른 쪽 발가락으로 그의 볼을 확 꼬집어 버렸다. 그의 볼은 꽃게 집게에 물린 것처럼 새빨갛게 부어올랐다. 솥뚜껑처럼 튼튼

한 발을 가진 여자였다.

"저 여자 진짜 예쁘죠? 압사라 춤을 추는 여자예요."

"썩은 눈은 여전히 돌아오지 않았구나."

"결혼할 거예요."

"정신도 온전치 않고."

"결혼으로 인생을 바꿀 거예요. 결혼, 신혼여행, 아이, 가정. 어때요?"

"차라리 스님이 되는 건 어떠니?"

그는 콧방귀만 요란하게 남기고 물속으로 들어갔다. 사랑이 인생을 바꿔 줄 것이라니, 그래 한번 해보렴. 하고 큰 코 한번 세게 깨져 보렴. 나는 심술궂은 마음으로 강아지처럼 파닥거리며 여자를 따라다니는 잭을 보았다. 그는 틈만 나면 여자를 안아 보려고 애를 썼다. 그때마다 여자의 발가락이 그의 허벅지를 꽉 꼬집어 버렸다. 그 발가락 앞에 그는 꼼짝 못하고 잠깐 후퇴해서 물 위로 올라왔다. 그 앞에 어떤 여자가 딱 버티고 서 있었다. 사실 몇십 분 전부터 여자가 팔짱을 낀 채 그가 올라오기를 기다리는 중이었다. 망고 아저씨가 느릿느릿 나에게 엄지손가락을 추어올리며 흥미로운 미소를 보내왔다. 모든 일은 순식간에 벌어졌다. 물 밖의 여자는 무림 고수의 딸인지 째지는 기합 소리와 함께 옆차기로 그의 이마를 찼다. 그리고 깔끔하게 끝. 잭은 물속에 빠졌고 고수의 딸은 표표히 수영장을 떠나갔다.

일은 여기서 끝나지 않았다. 이 꼴을 본 일하던 아가씨가 은쟁반으로 고수의 딸의 머리통을 내리쳤다. 두 여자가 얽히고설키며 난투극을 벌이는 동안 잭은 물속에서 허우적거렸다. 장난이 아니었다. 그는 계속 허우적거리더니 급기야 발가락이 긴 아가씨의 머리카락을 잡아당겼다. 두 사람은 함께 꼬르륵거리며 아래로 사라졌다. 사태가 심각했다. 망고 아저씨가 일어서서 물속으로 뛰어들었다. 달팽이처럼 느린 아저씨였는데 노장의 수영 솜씨를 보여 주었다. 그는 양손에 두 사람의 머리통을 코코넛처럼 움켜쥐더니 두 발을 흔들며 밖으로 나왔다.

세 여자가 동시다발로 나타난 이 사건으로 잭은 갑자기 수컷으로서의 기능을 상실해 버린 것처럼 보였다. 그 뒤 여자에게는 눈길도 주지 않았다. 글쎄, 얼마나 갈지.

그는 집을 향해 갔다. 집이라니, 그는 집이 없는 상태였다. 그는 어딘가 집이 되어 줄 만한 곳으로 향했다. 대체 이곳에서 왜 이러고 있는지 그 자신도 알 수 없었다. 정말이지 지랄 같은 인생이었다. 이제 그만 돌아가 버릴까 생각하면 이상하게 가슴이 죄어왔다. 깔끔한 아파트와 빌딩 안의 책상을 오고 가는 생활이 왜 그렇게 그의 가슴을 불안하게 만드는지 풀리지 않는 인생의 수수께끼였다. 그는 차라리 뙤약볕이 좋았다. 시간은 오후 1시였고 온 세상이 이글이글 타고 있었다. 그는 비틀거리며 걸어갔다. 돌멩이에 부덮혀도 쓰러질 것 같았다. 목이 말랐다.

부랑자 셋이 걸어가고 있었다. 얼굴은 쭈글쭈글한 어른인데 몸은 초등 생처럼 작고 야윈 남자 둘에 남자아이 하나였다. 부랑자가 아이까지 가졌 군. 설상가상이다. 거기다 목은 마르고 배도 고파 보였다. 언제부턴가 저런 부랑자들이 자꾸 눈에 띄었다. 그들의 목마름이 그의 것처럼 느껴졌다. 그 들의 집 없는 서러움이 그의 것처럼 애달팠다. 그들의 배고픔이 그의 것처 럼 서러웠다. 그들이 손잡고 가는 아이의 눈망울이 그의 것처럼 슬펐다. 대 체 저들은 어디서 이곳까지 걸어왔을까. 그 어디가 그들의 종착지일까. 그 어디쯤에서 여기가 끝이야, 이제 그만 여기서 살자. 그렇게 결정을 내리는 날이 있을까. 모든 것이 남의 일 같지 않았다. 미래에 대한 온갖 비참한 생 각이 그의 마음을 어지럽게 했다. 이 방황은 너무 길게 가고 있었다. 그만 끝내고 싶었다.

그는 돈을 털어 작은 방으로 기어들었다. 일인용 침대에 누우니 울적한 마음이 좀 사라졌다. 천장에 붙은 더러운 선풍기가 살살 돌아가면서 그를 위로했다. 닫힌 커튼 사이로 태양 한 줄기가 바닥으로 떨어졌다. 비밀의 세 계로 통하는 문이 있을 것 같은 빛이었다. 그는 비스듬히 몸을 일으켜 빛 속 으로 손을 넣었다. 아무 일도 일어나지 않았지만 기분이 좋아져 버렸다. 그 는 담배를 피워 물었다. 모락모락 연기가 피어오르자 낙천적인 기분으로 돌아왔다. 이미 그는 비밀의 세계 안에 와 있었다. 열대라는 비밀의 세계.

그가 배가 고프다고 전화를 걸어왔다. 곧 내가 그의 생계를 책임져야 하는 순간이 도래할 것 같았다. 그는 이제 완전 빈털터리가 된 것이 분명했다. 우리는 거리의 작은 나무 아래 보이는 시멘트 벤치에 가서 앉았다. 보니까 잭프루트 나무였다. 반짝거리는 예쁜 잎들 아래 잭프루트 하나가 기둥에 혹처럼 매달려 있었다. 줄기에서 나오지 않고 기둥에서 튀어나온 열매들을 보면 늘 신기하고 우스꽝스러웠다.

"봐, 네 나무 아래 앉았네."

"이게 왜 내 나무예요?"

"너를 꼭 닮았잖니."

"흠. 뜬금없이 기둥에 대롱대롱 매달려 있는 꼴이라니, 진짜 웃기는 몰골의 과일이에요. 뭐 내 인생에 농담을 하는 것 같기도 하고요. 이것 봐, 어린이 수영 부작용 인간아, 뭘 그렇게 골 복잡하게 생각해? 인생 별거 아니야. 나를 봐. 이렇게 불쑥 갑자기 튀어나와 햇빛 아래 좀 크다가 무거워지면 바닥에 쿵 떨어지는 거야. 그러면 끝이지. 뭐, 그래도 이해 못하겠어? 그럼 이거나 먹어라."

그가 주먹을 쥐고 퍽 감자를 먹이더니 경박하게 웃어 댔다. 긴 막대기 끝에 국수 소쿠리와 육수 단지를 매달고 가던 아줌마가 우리 앞으로 왔다. 국수 소쿠리는 연잎으로 잘 덮여 있어 먼지가 들어갔을 것이라는 걱정은 덜수 있었다. 아줌마는 지저분한 플라스틱 그릇을 꺼내 더 지저분한 행주로 싹싹 닦아서 하얀 국수를 담았다. 그리고 초록색 육수를 부었다. 소쿠리 가득 수북하게 담긴 푸성귀들을 손에 쥐고 칼로 싹뚝싹뚝 잘라서 고명으로 얹었다.

"해피 샐러드 풀들이네요."

그가 헤, 하고 웃었다. 그 모든 지저분함에도 불구하고 우리는 저 풀들이 들어가 있으면 그 향긋한 냄새에 나사가 풀려 버렸다. 리어카를 끌고 가던 코코넛 총각이 와서 커다란 칼로 코코넛 머리를 날리고 빨대를 꽂아 주었다. 닭꼬치 아줌마도 왔다. 우리는 땀을 줄줄 흘리며 먹고 마셨다. 대바구니에 과일을 싣고 리어카를 끌고 가던 아저씨도 왔다. 이 도시의 온갖 잡상인이 우리를 포위하기 시작했다. 지나가던 모토 택시가 와서 탈 것이냐고 물었다. 밥 먹고 있는 사람한테 와서 탈 것이냐고 묻다니, 더럽게 머리 나쁜 자식이었다. 그런데 열대에서는 다들 머리가 이 정도밖에 돌아가지 않았다. 그 정도만으로도 사는 데 지장은 전혀 없었다. 모토 택시 기사도 국수를 주문했다. 아줌마는 우리가 먹었던 그릇을 더러운 행주로 정성껏 닦아 국수를 만들었다. 자전거에 잭프루트 한 덩어리를 싣고 가던 아줌마가 우리에게로 왔다.

"안 돼요, 저걸 자르면 일 커진다고요."

잭은 제지했지만 내가 원했다. 아줌마가 자전거 옆구리에 꽂아 두었던 무지하게 큰 칼을 꺼내 들었다. 돼지를 잡을 때나 사용할 법한 칼이었다. 잭프루트는 세상에서 가장 아름다운 나무의 과일이다. 그 잎들은 단단하고 매끈하며 반짝거린다. 아주 큰 늙은 나무로 자라 마당의 하늘을 완전히 덮어 버리기 때문에 잭프루트 한 그루면 파라솔 같은 건 필요가 없다. 나에게 정원이 있다면 나무는 꼭 한 그루만 심을 것이고, 그것은 당연히 잭프루트가 될 것이다. 어릴 때 잭프루트는 아주 귀여운 공이지만 점점 자라면서 무거워진다. 어느 순간 무지하게 큰 과일이 되어 향긋한 냄새를 솔솔 풍긴다. 얼마나 큰지 잭프루트는 이 세상에서 가장 큰 과일로 이름을 올렸다. 혼자서는 절대 한 통을 다 먹을 수 없다. 이웃과 친구는 물론 원수와도 나눠 먹어야 썩혀서 버리는 일이 없다. 참 착한 과일이다.

그런데 이것을 먹겠다고 아무나 칼을 들이대면 낭패다. 나는 이곳에 살면서 한 번도 잭프루트의 껍질을 까겠다고 나서 본 적이 없다. 칼을 들이대는 순간 찐득찐득한 흰 물이 흘러나와 칼을 삼켜 버린다. 손이라도 닿았다간 손마저도 찐득함으로 삼켜 버린다. 첩첩산중을 넘어야 한다. 숙련자만이 잭프루트를 다룰 수 있다. 살은 찐득거리는 흰 즙 안 노르스름한 꽃술들에 폭 싸여 숨어 있다. 찐득거리는 흰 액과 겹겹이 싸인 꽃술을 다 파헤치는 노력 끝에 보들보들하고 향긋한 과일을 입에 넣을 수 있다. 알고 보면 참 까다로운 과일이다. 잭프루트에는 또 하나의 숨겨진 비밀이 있으니 바로 씨앗이다. 씨앗을 버리면 바보다. 그것을 삶아 먹으면 밤처럼 고소하다. 먹지 않고 그대로 땅에 심으면 싹이 튼다. 그 조그만 싹이 언제쯤 마당을 다 가리는

느티나무가 될지는 알 수 없지만…….

　우리는 노란색 과일을 집어 들었다. 햇빛 아래 노란색이 투명하게 빛났다. 입안에 넣으니 열대 햇살 한 조각을 넣은 것 같았다. 열다섯 아이처럼 부루퉁하게 구겨졌던 그의 얼굴이 좀 펴졌다. 이렇게 맛있는 과일을 먹는 순간, 인생이야 어쩌 되었든 상관없어져 버렸다. 그냥 됐어, 이렇게 되어 버리고 말았다. 우리는 같은 열대병에 걸렸고 그래서 행복해져 버렸다. 세상의 모든 것들이 낙천적으로 다가왔다. 잭이 노란색 빛을 씹으며 천진하게 웃었다. 과일 조각이 아닌 햇살을 씹는 것처럼 눈이 부셨다. 순간 그가 내 입술에 입을 맞췄다. 별로 음흉하지 않은 그저 은은한 그런 입술, 잭프루트 맛이었다. 사랑도 욕망도 그 아무것도 아닌 입맞춤, 그냥 태양 아래서 잭프루트를 먹을 때 치러야 하는 예의라고나 할까.

　오랫동안 얼굴이 보이지 않더니 어느 노을 지는 시간에 그가 수영장에 나타났다. 어떤 남자와 함께였다. 그는 이제 완전 부랑자 같은 모습이었다. 팔뚝에 알 수 없는 구불구불한 문양의 문신을 하고 있었다. 이런, 뱀이었다. 함께 온 남자는 온 얼굴에 수염으로 덮였는데도 왠지 남자 같지 않았다. 머리카락은 공상과학 영화에 나오는 외계에서 온 생명체 같은 스타일이었다. 좋게 말하면 레게 스타일이고 달리 말하면 부랑자 머리였다. 머리카락들이 뒤엉키고 꼬여서 전갈의 꼬리처럼 위로 치켜 올라가 있었다. 외계 생명체 같은 그 머리카락은 어딘가 불타오르는 불꽃을 닮았다. 이윽고 나는 꼭 닮은 그 과일 이름을 기억해 냈다. 용과, 용의 머리를 닮았다고 해서 용과라고 불리는 과일. 그러나 내 눈에 용과는 용의 머리라기보다 한 송이 불꽃 모양을 더 닮았다. 신이 인간에게 처음 불을 주었을 때 분명 이런 색깔의 이런 모양이었을 것이라는 생각이 드는 과일이었다. 이 남자를 용과라고 부르고 싶지는 않았다. 불꽃이 훨씬 더 잘 어울렸다.

그렇다고 활활 타는 정열의 불꽃과는 거리가 멀었다. 뭔가 사그라져 가는 불꽃, 마지막 순간 아름답게 타고 있는 불꽃의 느낌이었다. 그는 허리가 구부정했고 맨발이었다. 이런, 잭도 맨발이었다. 만날 지저분한 곳만 골라 다니더니 어떻게 데리고 온 사람도 거지꼴이었다. 자세히 보니 둘은 쌍둥이처럼 닮아 있었다. 그 관계 또한 묘해 보였다. 잭이 데리고 온 남자는 분명 남자였는데 왠지 그 둘은 연인 같은 느낌을 풍겼다. 서로에게 몹시도 다정했다. 이건 또 무슨 일이람.

불꽃씨는 바닥에서 무엇인가를 발견했다. 검은 똥 덩어리 같은데, 움직이는 것을 보니 똥은 아니었다. 남자는 무릎을 꿇고 그것을 따라갔다. 그것은 망고 아저씨 의자 밑으로 숨어 버렸다. 울퉁불퉁 검은 두꺼비였다. 도망치던 두꺼비는 망고 아저씨의 축 늘어진 털북숭이 손에 부딪히더니 화가 나서 퉁퉁 부풀린 몸통을 할딱이더니 오줌을 찍 갈겼다. 망고 아저씨의 손이 두꺼비 오줌으로 젖었다. 잭과 불꽃씨, 그리고 망고 아저씨는 오줌싸개 두꺼비를 사이에 두고 할딱거렸다. 다들 더워 보였다.

"그런데 좋은 냄새가 나는군."

잭과 별로 사이가 좋지 않은 망고 아저씨가 먼저 말을 했다.

"좋아하세요? 제가 한 대 말아 올리죠."

잭이 대답했다. 수영장 공기를 흔든다 어쩐다, 늘 아옹다옹하더니 오늘 두 사람은 평화로워 보였다. 잭은 뒷주머니에서 담배 풀이 든 봉지들을 꺼내 작은 종이에다 말기 시작했다. 아주 정성껏, 온 사랑을 다해. 그가 그렇게 진지하게 몰두하다니 놀라웠다. 얇은 담배가 만들어졌고 잭은 소중하게 불을 붙이고 한 모금 빨았다. 담배는 망고 아저씨에게 넘어가고 불꽃씨에게 넘어갔다. 그 순간 그들의 표정은 뭐랄까, 뭔가 중요한 것을 함께 나누고 있는 비밀 결사대와 같은 분위기였다. 내가 그들 결사대 쪽으로 갔더니 잭이 팔뚝을 내보였다.

"이 뱀 문신 어때요? 여기 오면서 했어요. 오늘은 기념하지 않을 수 없는 날이었어요. 이 뱀은 현실과 나를 이어 주는 다리 역할을 해요. 좀 유치한 문신이죠? 젠장, 이 따위 것을 새기고 다니면 인생의 질이 좀 떨어지는 건 확실히 맞아요. 그런데 내 인생 질이 떨어졌다고 생각하니까 기분이 죽이게 좋은 건 왜죠? 눈살 찌푸리지 마세요. 그러니까 난 오늘 내 미래를 봤어요. 건전한 부랑자로서의 내 미래. 그래요, 바로 이분을 보고 그걸 느꼈어요."

"하, 별로 바람직해 보이진 않는 미래로군. 그런데 오늘은 수영 안 해?"

"글쎄요. 오늘은 하고 싶지 않네요, 젠장."

"그런데 자네 머리는 좀 감고 다녀야 되지 않겠나?"

이렇게 말한 사람은 망고 아저씨였다. 그는 머리 잘 감겨 주는 여자를 소개해 주겠다고 덧붙였다. 머리 잘 감겨 주는 여자? 불꽃씨는 비틀린 머리카락을 더듬거리며 만졌다. 세 결사대원은 의기투합, 머리 잘 감겨 주는 여자를 만나기 위해 즉시 수영장을 떠났다. 나에게는 함께 가자고 하지도 않았다. 셋 다 무엇에 취한 것처럼 조용하면서도 신속하게 떠나 버렸다.

그날부터 불꽃씨는 잭이 올 때면 언제나 함께 왔고, 지저분한 두 사람은 떼어 놓을 수 없는 한 쌍이 되었다. 이리하여 불꽃씨는 수영장에 손가락 하나 담그지 않고 우리 열대 인생의 한때를 함께 통과하게 되었다.

● 망고 아저씨의 경우,

이 세상에서 가장 게으른 사나이의 열대의 나날들

● 도대체 망고 아저씨는 언제부터 저 꽃나무 아래 누워 있었는지 모르겠다. 그는 이 수영장의 터줏대감이었다. 내가 처음 이 수영장에 왔을 때도 거기 있었고 당연히 그 이전에도 있었을 것이다. 이곳에서 그는 영어를 썼지만 나는 그가 프랑스인임을 곧바로 알아보았다. 독특한 프랑스식 영어 때문이었다. 나의 프랑스인 남편도 그랬다. 영어를 하는지 불어를 하는지, 나의 언어영역 중추혈관을 '프랑스 사람이 하는 영어' 스위치로 바꾸면 아주 이해가 잘 되었다.

그는 수영장 한쪽 하얀 꽃나무 아래 드러누워 있었다. 언제나 그 자리 그 자세 그대로 오랫동안. 가장 좋은 자리였다. 하얀 꽃나무 그늘이었다. 은은한 향기가 나는 흰 꽃이 툭툭 그의 등으로 떨어졌다. 얼마나 예쁜 꽃인지 왕을 위해 춤을 추는 정령들의 머리에 쓰는 화관을 만들 때 이 꽃을 썼다. 그는 가끔 털북숭이 손을 더듬거리며 움직여 머리맡에 떨어진 꽃을 한 움큼 쥐어서 코에 대고 향을 맡았다. 눈은 뜨지도 않은 채. 그중의 꽃잎 두 개는 그의 귀 뒤에 꽂았다. 그리고 다시 잠. 수영은 거의 하지 않았다. 샤워하기 전에 5분 정도. 물 위에서도 죽은 개구리처럼 엎어져 둥둥 떠다니다가 아주 가끔 신나게 1분 정도 헤엄치는 것이 전부였다.

그를 보고 있노라면 나는 그저 존경스러울 뿐이었다. 어떻게 그렇게 게으를 수 있는지, 그의 주변을 감싼 공기는 압력이 달랐다. 꽃잎조차 게으른 공기를 함부로 흔들지 않으려는 듯 살며시 그의 등 위로 떨어졌다. 뭔가를 해야만 한다는 강박증에 정신없이 수영을 하던 사람도 그쪽으로 문득 시선이 가는 순간 동작이 멈춰졌다. 몸을 쭉 뻗고 사지를 뻗은 채 엎드려 누운 그의 모습은 낮잠에 빠진 것 같기도 하고 아닌 것 같기도 하고, 생각에 빠진 것 같기도 하고 아닌 것 같기도 하고, 죽은 것 같기도 하고 아닌 것 같기도 하고, 세월이 멈춘 것 같기도 하고 아닌 것 같기도 하고, 무엇인가 생각하게 만드는 마력, 그러니까 나도 저렇게 하염없이 누워서 아무것도 없는 텅 빈 시간, 아무것도 생산하지 않는 게으름의 상태를 누리고 싶다는 생각을 하게 만들었다. 말하자면 그의 게으름은 전염성이 강했다.

호텔 투숙객들을 제외한 이 도시의 사람들이 이곳에 올 때는 몸을 단련하기 위한 것이 목적이었다. 6개월 혹은 1년 회원권을 끊고 시간을 맞추어 열심히 수영을 했다. 그러다가 어느 순간 망고 아저씨와 눈을 마주치면, 아니 망고 아저씨의 감은 눈꺼풀이나 그의 등에 떨어지는 꽃잎을 보는 순간 게으름의 마법에 걸렸다. 언제부턴가 이 수영장에서 몸을 단련하는 사람은 거의 없어져 버렸다. 다들 의자에 누워 맹하니 하늘을 보거나 몇 시간이고 잠에 곯아떨어졌다. 이곳 수영장은 헤엄치기 위해서가 아니라 옷 벗고 누워 바라보기 위한 곳이었다. 모두가 망고 아저씨처럼 사지에 힘을 빼고 엎드려 누워 등짝을 태웠다. 아저씨가 오른쪽 어깨를 세우면 우리도 그렇게 했고 그가 하늘을 보는 포즈면 우리의 포즈도 그렇게 달라져 있었다. 그렇게 하지 않는 사람이 꼭 하나 있으니 잭이었다.

"노느니 장독이라도 깨세요, 제발."

그는 게으르게 늘어졌다가도 발작처럼 그 순간을 참을 수 없어 했다. 준비운동을 하고 다이빙을 한 뒤 바쁘게 물을 갈랐다. 그러면 남자 종업원이 맥주와 캐슈넛 그릇을 받쳐 들고 왔다. 맥주의 시간이었다. 원래 마시는 시간보다 좀 당겨졌다. 이제는 잭이 물속에 뛰어드는 순간이 아저씨가 몸을 일으켜 맥주를 마시는 시간이 되었다. 종업원은 망고 아저씨가 몇 시 몇 분에 맥주를 마시는지 알고 있었다. 주문을 하지 않아도 맥주를 준비해서 왔다. 그는 그 일에 자부심을 느끼고 시간을 꼼꼼하게 체크했다. 그는 망고 아저씨의 게으름을 존경했다. 그는 일을 좋아했고 망고 아저씨는 그를 일하게 만드는 사람이었다.

"무슈, 맥주 드실 시간이 되었습니다."

그는 몇 문장의 불어를 말할 줄 알았다. 그중에서 '무슈, 맥주 드실 시간이 되었습니다'를 가장 우아하게 잘했다. 망고 아저씨는 게으른 곰처럼 일어났다. 등에 수북이 떨어졌던 하얀 꽃들이 흐르르 바닥으로 흘러내렸다. 그는 털북숭이 손으로 맥주잔을 들어 수영장 건너편 우리에게 건배를 청했다. 이미 우리도 맥주잔을 쥐고 공중에 들고 있는 중이었다. 그가 피우는 게으름과 마찬가지로 그의 맥주 마시는 시간도 전염성이 강했다. 그는 맥주 마시기에 가장 좋은 시간을 알고 있었다. 수영장에서 햇볕에 몸을 말린 지 2시간 30분이 지났을 때였다. 그러나 잭이 나타난 뒤 우리의 맥주 마시는 시간도 변동되었다. 우리는 수영장을 가운데 두고 가볍게 각자의 잔을 들어 태양 광선에 부딪친 뒤 쭈욱 들이켰다. 그러면 잭은 게으른 공기와 물을 마구잡이로 헝클어 대며 물에 빠진 당나귀처럼 쏘다녔다.

사실 망고 아저씨와 나는 열대 멤버들 중 가장 오래된 사이다. 그는 게으름뱅이기 때문에 많은 말을 하지는 않지만 할 말은 꼭 했다. 나에게도 그랬다. 처음 이 수영장에 올 때 나는 단단히 각오를 했다. 불룩하게 늘어지는 살을 올려 볼 생각이었다. 그래서 물의 저항력을 최소한으로 해주어 물개처럼 빠르게 헤엄칠 수 있는 기능성 수영복을 준비했다. 무엇보다 이 수영복은 뱃살을 통제하여 허리를 날씬해 보이게 하는 중요한 기능이 있어서 비싼 값을 치렀다.

문제는 내가 이 수영복을 입고 나타났을 때 사람들의 반응이었다. 의자에 누운 사람들의 시선이 일제히 내게로 왔다. 그들은 내 검은 국가대표 스타일 수영복을 보고 쇼크에 빠져 버렸다. 제기랄, 나는 그 의미를 깨닫고 얼른 물속으로 뛰어들었다. 어딘가로 숨기 위한 행동이었는데 결국엔 더 적나라하게 내 수영복을 보여 주는 꼴이 되었다. 멋진 수영 솜씨로 만회하기 위해 자유형을 구사했다. 아무 소용 없었다. 파닥거릴수록 더 꼴불견이 되어 갔다. 이리저리 바다에 휩쓸려 다니는 끈적끈적한 폐유덩이 같은 꼴이었다. 내 수영복에 비하면 다들 벌거벗고 있는 것과 같았다. 울긋불긋 손바닥만 한 쪼가리로 겨우 가슴과 허벅지 사이를 가린 것이 전부였다. 나는 물 밖으로 나갈 용기마저 잃어버렸다. 그저 밤이 오기만을 기다리는 수밖에 없었다. 그때 내 뒤쪽에서 손가락을 딱딱, 튕기는 소리가 났다. 돌아보니 망고 아저씨였다. 아름다운 꽃나무 아래 누워 웬만해서는 움직이지 않는 그 무거운 손가락을 까딱까딱 가까이 오라는 사인을 보냈다. 병든 물개처럼 기어서 갔더니 그는 무거운 가슴을 조금 일으켜 세웠다. 독수리 날개 모양의 가슴팍 털 속에 땀들이 대롱대롱 평화롭고도 얄밉게 매달려 있는 것이 보였다.

"열대 수영장에서 헤엄을 치려면 예의를 갖추어야 해."

그는 영어로 말했지만 나는 불어를 들었다고 생각했다. 그래서 불어로 물었다.

"뭔 예의요?"

그러자 이번에는 불어로 대답했다.

"그러니까 내 말은, 옷을 깨끗이 벗어 버리는 게 예의라는 거지."

그렇게 말하고는 볼때기를 의자에 붙이고 다시 늘어져 버렸다. 나쁜 영감탱이, 바로 그 순간 그는 망고가 되었다. 물론 망고가 많이 아깝긴 하지만. 내 코앞에서 까딱거리던 그의 손에서 망고 냄새가 지독하게 났다. 농익어서 터져 버린 망고를 쭉쭉 빨아 먹은 뒤 손도 씻지 않고 온 것 같았다. 손

가락뿐만이 아니었다. 온몸에서 망고 냄새가 났다. 망고 냄새가 찐득하게
밴 땀 냄새였다. 밤새 망고 땀을 흘리는 처녀의 몸을 만지고 왔는지도 몰랐
다. 어쩐지 그럴 것 같았다. 달콤한 것이라면 미친 듯이 빠져들 것 같은 초
록색 눈을 한 영감이었다. 그러나 저러나 이제 어떻게 탈의실로 가야 할지,
갈 길이 까마득했다. 차라리 나체로 가는 것이 시선을 덜 집중시킬 것 같았
다. 옷을 이렇게 잘 입고도 창피를 당해야 하다니 열대에서나 있을 수 있는
일이었다.

　어느 일요일 아침 빵집 앞에서 그를 만났다. 이 도시에서 가장 프랑스인
입맛에 맞는 빵을 굽는 집이었다. 텅 빈 거리 저 끝에서 누군가 모토를 타고
오더니 부웅, 하고 내 앞에 멈췄다. 망고 아저씨였다. 아니, 망고 아저씨가
아침에 빵을 사기 위해 몸을 움직이기도 하나? 그는 빵집 문 옆에 모토를
세우고 나를 보더니 내 양 볼에 쪽쪽 소리 나게 뽀뽀하는 프랑스식 인사를
했다.
　"안녕, 마드무아젤!"
　참으로 달콤하게 마드무아젤을 발음했다. 슬리퍼에 반바지 차림, 헬멧도
쓰지 않았다. 건전한 아침 시간 대로에서 그의 가슴에 찍힌 독수리 날개 문
양 털을 보고 있자니 내 두 눈이 어디로 가야 할지 몰라 그의 어깨와 갈비

뼈, 배꼽, 허벅지, 혹은 발가락, 온몸 위에서 방황했다. 이 남자는 정말 늙었구나, 그런 생각을 했다.

"모든 것을 다 바꾸었지만 아침에 먹는 바게트만은 안 돼."

적어도 그는 이 시간만은 깨어 있는 것 같았다. 아직도 따뜻해. 살아 있군. 그는 바게트의 바삭한 껍질을 누르며 행복한 표정으로 중얼거렸다. 바스라질 듯 얇고 딱딱한 바게트 껍질 속의 부드럽고 따뜻한 속살이 느껴졌다. 그는 바게트를 살짝 뜯어 냄새를 맡았다. 밀 냄새, 어린 시절 냄새가 난다고 했다. 이때만은 그도 프랑스 아이였다. 세끼를 흰밥으로 먹고 살아온 사람들과는 공유할 수 없는 그들만의 추억. 그는 빵조각을 입에 넣고 오물오물 씹었다.

"난 아침에 새로 구운 빵이 아니면 안 돼. 다른 식구들은 국수를 먹지만 난 아직도 빵을 먹어. 그러니 빵만은 내가 사러 와야 돼. 그런데 오, 나는 이 시간을 너무 좋아해. 아침에 반바지만 입고 모토를 타고 천천히 달려 봤어? 맨살을 스치고 가는 아침 바람이 너무 좋아. 거기다 여기 파는 잼들 먹어 봤어?"

그는 이 집에서 파는 모든 잼들에 대해서 이야기하기 시작했다. 그는 망고 잼과 코코넛 잼, 오렌지 잼이 가장 좋다고 했고 나는 패션프루트 잼과 수박 잼, 파파야 잼이 가장 좋다고 했다. 그는 벌써 바게트를 반이나 뜯어먹어 버렸다. 꽃나무 아래 누워 손가락도 꼼짝 않고 오후를 보내기도 하지만 열

망고 아저씨의 경우,
이 세상에서 가장 게으른 사나이의 열대의 나날들

대 과일로 만든 잼에 관해서라면 빵집 구석에서 한 시간을 서서 이야기할
수 있는 사람이었다. 이야기는 열대 고산 지방에서 나는 커피 맛으로 이어
졌고 나는 그에게 젊은 아내가 있고 아이들이 다섯이나 된다는 것을 알게
되었다. 매일 아침 국수를 먹는 그의 여자는 요즘 커피와 바게트 맛을 알아
버렸다고 했다. 아침 커피는 그녀가 만든다고 했다. 약탕기에 거름망을 올
려 뜨거운 물을 부어 만드는 이곳의 커피.

"정말 황홀해. 아쉬운 게 있다면 그 향기가 얄밉도록 빨리 사라져 버린다
는 거야."

독보적인 게으름과 마찬가지로 그와의 수다도 나를 감탄하게 만들었다.
빠져들게 만들었다. 대단한 이야기라고 할 수는 없었다. 맛있는 빵이나 커
피, 잼, 머리카락을 날리는 미지근한 바람이나 막 떠오르는 태양 빛에 관한
것들, 이런 별것도 아닌 것들을 이야기할 때 그의 눈은 반짝거렸다. 그 반짝
거리는 눈빛이 사람을 감동하게 만들었다. 아무것도 안 하는 순간을 사랑
하지만 그는 쉬지 않고 이야기하는 이런 순간, 미지근하게 시작하는 아침
햇살을 받으며 모토를 타고 머리카락을 날리며 달리는 그 순간 또한 즐기
고 있었다. 인생의 낙이 뭔지 알고 있는 남자였다.

그는 약탕기 안의 커피 향기가 다 날아가기 전에 도착하기 위해 서둘러
떠나야 한다고 했다. 그가 내 볼에 다시 쪽쪽 소리 내어 뽀뽀를 했다. 아까
만났을 때는 볼이었는데 이제는 입술 끝 쪽으로 좀 내려왔다. 그만큼 더 친

망고 아저씨의 경우,
이 세상에서 가장 게으른 사나이의 일대의 나날들

해졌다는 뜻이었다. 그는 모토 손잡이에 바게트 가방을 걸고 사라졌다. 바람에 머리카락과 가슴 털, 팔 털, 다리 털 들이 천천히 날리는 것이 보였다. 누구도 아닌 망고 아저씨의 몸에 붙어 있기에 행복한 털들이었다.

잭과 불꽃씨는 망고 아저씨가 데리고 간 '머리 감겨 주는 여자'에게 홀딱 반해 있었다. 그 여자의 손가락과 사랑에 빠져 있었다. 그러나 돈을 너무 밝히기 때문에 공짜는 절대 없다고, 그것이 아쉽다고 했다. 그래서 나도 그 여자에게 머리를 한번 맡겨 보고 싶다고 부탁했다.

"글쎄, 여자들에게도 효력이 있을지."

미용실이 아니고 불법 안마 시술소 같은 느낌이 드는 말투였다. 망고 아저씨는 나를 모토 뒤에 태우고 그곳을 향해 갔다. 도로를 벗어나 포장되지 않은 골목길로 들어서자 꼬불꼬불한 길이 이어졌다. 골목길에는 서 있거나 앉아 있거나, 지저분한 사람들이 웅숭그리고 있었다. 대사관에서 발행하는 '현지 생활 백서'에 보면 절대 가지 말아야 할 곳으로 나오는 골목길이었다. 절대 탈출할 수 없을 것 같은 너무 좁고, 너무 길고, 너무 어두운 골목길이었다. 갑자기 심장이 벌렁거렸다. 이 영감에 대해서 내가 제대로 아는 것이 있던가? 수영복과 거의 벗다시피 한 몸에 대해서 뿐이었다.

"도착!"

이 도시에 이런 곳이 있다니, 거의 시골 동네와 같았다. 망고나무 동네였다. 마당 넓은 집들이 있었고 망고나무가 가득했다. 어디선가 픽, 소리가 들려 돌아보니 농익은 망고 떨어지는 소리였다. 떨어진 망고에서는 노란색 물이 흘러나왔고 개와 돼지가 그것을 먹었다. 새들도 망고를 쪼아 먹었다. 아이들도 망고를 입에 물고 주스를 빨듯이 쭉쭉 빨아 먹으며 망고나무 아래서 고무줄뛰기를 했다. 구멍가게 좌판에도 망고가 피라미드처럼 가득 쌓여 있었다. 그 앞 플라스틱 통 안에도 소금물에 삭힌 여러 종류의 망고들이 가득 들어 있었다. 저 망고를 누가 다 사먹을지, 이 동네 사람이 망고를 돈 주고 사먹을 것 같지는 않았다.

"자기 왔어?"

한 여자가 허술하게 불어를 구사하며 망고 아저씨에게 다가왔다.

"여기 머리 잘 감겨 주는 여자, 내 아내를 소개합니다."

망고 아저씨가 연극인처럼 풍성한 볼륨으로 말했다. 피부가 짙은, 입술도 검고, 눈도 검고, 긴 머리채도 흑단인 모든 것이 검은 여자였다. 여자는 나에게 여왕 거미 같은 눈길로 미소 짓더니 어딘가를 향해 손뼉을 쳤다. 그 소리를 신호로 망고나무 아래 뛰놀던 아이들이 일사불란하게 움직이기 시작했다. 머리 감는 미용실 의자는 어디서 주워 온 것이 분명했다. 플라스틱 팔걸이는 금이 갔고 방석은 찢어져서 검은 테이프가 덕지덕지 붙은 상태였다. 그 의자 위로 개미들이 줄을 지어 어딘가로 행군하고 있었다. 여자는 더

러운 걸레로 개미들을 털어 내고 정성껏 닦았다.

한 소녀가 물이 가득 든 양동이를 들고 왔고 그 뒤로 더 어린 소녀가 주전자에 물을 들고 왔다. 뒤따라 비누를 받쳐 든 소년과 수건을 받든 소년이 왔다. 보아하니 모두 망고 아저씨의 아이들 같았다. 아이들의 아비는 어디에 있나 보니 그는 망고나무 아래 놓인 대나무 평상에 늘어져 있었다. 라디오 채널을 이리저리 돌리더니 이윽고 프랑스 채널을 찾아 배 위에 올려놓고 눈을 감았다.

"앉아요."

의자를 탁탁 두드리는 여자의 명령에 따라 나는 거기에 앉았다. 여자가 내 머리를 뒤로 꺾었다. 나는 눈을 감았다. 거미줄에 잘못 걸려든 통통한 메뚜기의 기분이 이럴까 싶었다. 더러운 수건이 내 목에 둘러지자 의식이 시작되었다.

주전자에서 흘러나온 물이 내 머리 위로 쏟아졌다. 여자애가 의자에 올라서서 내 머리에 물을 붓는 것을 느낄 수 있었다. 어린아이의 숨결이 얼굴로 느껴졌다. 레몬그라스와 라임을 넣은 빗물이라고 여자가 말했다. 내 체온보다 3도 정도 더 높은 온도의 미지근한 물이었다. 레몬그라스 향기에 취해 온몸에 힘이 빠져 나른하게 잠이 들 것 같은 순간 여자의 손가락이 머릿

속으로 들어왔다. 여왕 거미의 손길이었다. 목 뒤를 현란하게 쓰다듬은 검은 손가락이 귀 뒤쪽을 거쳐 머리 양쪽으로 흘러가 뒤통수와 정수리로 천천히 옮겨 갔다. 부드럽게 눌렀다 튕겨 나갔다가 다시 돌아와 쓰다듬었다. 쇳덩이처럼 무겁게 눌렀다가 혀끝으로 애무하듯이 가볍게 나아갔다. 무엇인가 뇌 속으로 강하게 흘러들어가 저 끝, 가장 먼 발가락 끝으로 흘러갔다.

저기 누군가 다가오는 것이 보였다. 희미한 옛사랑의 추억, 첫사랑의 그 남자인가. 그가 내 앞에 섰고 시간은 멈추었다. 아니, 첫사랑이 아니었다. 내 인생의 서너 번째 남자인 듯했다. 파리다. 우리는 파리의 거리를 걷고 있었다. 좁고 기다란 지하도를 걸어가고 있었다. 페루에서 온 거리의 악사들이 '엘 콘도르 파사'를 연주하고 있었다. 머리가 긴 페루 남자들이 전통 옷을 입고 전통 악기를 들고 연주를 했다. 피리를 불거나 머리를 흔들거나 콩이 든 것 같은 막대기를 흔들거나, 어디선가 지하철이 지나가는 소리가 들리지만 지하도가 아닌 푸른색으로 가득한 천 년 전 동굴 속, 일렁이는 횃불들을 헤치고 나아가고 있는 기분이 들었다.

너는 페루에서 오지 않았다. 너는 브라질에서 왔다. 까무잡잡한 피부에 머리는 곱슬곱슬한 너는 세상의 모든 대륙의 피가 다 섞인 모습이었다. 친절하고 낙천적인 아이, 우리는 파리의 모든 공원들을 돌아다니며 그곳에서 자라는 수많은 종류의 식물들을 보았다. 세상 곳곳에서 옮겨 온 이상한 식물들을 보면서 우리 두 사람처럼 이방인의 뒤틀린 고독을 보았다.

우리는 참 많은 커피를 마셔 댔다. 그리고 유명한 사람들의 이름이 붙여진 길들을 걸어다녔다. 지구의 모든 대륙의 피가 섞인 너와 동양의 납작한 피만 이어받은 내가 섞이면 대체 어떤 얼굴의 아이가 나올까, 그런 이야기도 했던가. 그러나 마지막까지 가지는 못했다. 너는 아마존으로 돌아갔고 나도 내 갈 길을 갔다. 나는 악어를 보면 늘 너를 떠올렸다. 너와 끝까지 갔더라면 어쩌면 나는 아마존의 어디엔가 살고 있겠지. 인생이 한 번 더 바뀌었겠지. 다른 남자의 여자가 되어 다른 아이를 가지고 다른 땅에서 다른 친구들을 만나 다른 음식을 먹으며, 완전히 다른 인생을 살고 있겠지.

비누칠이 시작되고 그녀의 손길은 좀 더 깊은 아마존으로 나를 데리고 갔다. 거품이 풍성하게 일어나자 아마존의 악어새끼가 내 몸 위로 올라왔다. 흑백으로 남은 흐릿한 추억에 태양빛이 일렁이고 색깔이 살아나기 시작했다. 악어새끼는 발갈퀴로 머리를 빗겨 주고 쓰다듬고 톡톡 두드리더니, 천년 먹은 나무에서 나온 물로 내 머리카락을 헹궈 주었다. 열대우림의 모든 냄새들이 내 머리카락을 씌우더니 발끝까지 흘러갔다. 몸을 마비시켜 버리는 냄새, 내 몸은 완전히 해체되어 의자 위에 사지가 축 늘어져 버렸다.

"눈 뜨세요."

악어가 내 코에 대고 바람을 넣으며 속삭였다. 눈을 뜨자 하늘에 대롱대롱 달린 망고들이 눈에 들어왔다. 아마존을 향해 멀리 떠났던 영혼이 돌아왔다. 머리카락이 매끌매끌했다. 나는 생기를 되찾았다. 기분이 맑아졌다.

여자가 긴 머리채를 흔들며 살짝 웃었다. 뻐드렁니가 드러났다. 오만한 여신과 같은 자태였다. 망고 아저씨의 맏딸인 듯한 소녀가 플라스틱 잔에 담긴 노란색 음료를 들고 왔다. 망고 주스였다. 그것을 마시자 머리카락에서 나는 냄새와 뒤섞여 내 몸에서는 망고와 열대우림의 벌레와 풀들을 짓이긴 냄새가 났다. 일어서고 싶지 않았다. 이 냄새가 날아가는 것이 싫었다. 그래서 그냥 그렇게 망고 아저씨처럼 고개를 꺾고 눈을 감고 있었다.

　무지하게 뚱뚱한 대머리 유럽의 남자와 치렁치렁한 긴 머리가 허리까지 오는 바싹 야윈 여자, 외모적으로 도무지 어울리지 않은 커플이 파라솔 아래 앉아 놀고 있었다. 그들은 체리가 든 칵테일을 마시며 웃거나 주먹으로 서로를 때리거나 하면서 노닥거렸다. 외모적으로 도무지 어울리지 않기 때문에 그들은 어떤 사이일까, 가끔 오는 사람들은 궁금할지 모르지만 우리는 그들의 관계를 알고 있었다. 이탈리안 레스토랑이나 현지 식당이나 강변의 바, 이 도시 어디를 가나 그런 커플들이 있었다. 남자는 유럽에서 온 여행객이고 여자는 윤락녀였다.
　이 수영장에는 네 부류의 사람들이 왔다. 첫 번째는 이 호텔에 투숙하는 여행객들, 그들은 이틀이나 사흘 정도 머물다 갔다. 툭툭으로 먼지바람을 맞으며 무너져 가는 고대 절들을 돌아다녔던 그들은 흥분이 가시지 않은 얼굴이었다. 빨갛게 탄 얼굴이 더욱 빨갛게 타는지도 모르고 햇빛 아래 누워서 여행 가이드를 읽는 이들이었다. 두 번째는 이 도시 시민들로, 주말에 아이들과 함께 오는 건전한 생활인들이 있었다. 아빠와 아이가 수영을 하고 있는 사이 엄마와 할머니, 삼촌 등의 가족들이 맛있는 것을 사들고 와서 파라솔 의자 위에 모든 가족이 앉아서 떠들며 맛있게 뭔가를 먹는 무리였다. 그리고 세 번째는 우리처럼 정기권을 끊은 사람들, 처음엔 대단한 결심으로 시작하지만 점점 게을러져서 그저 옷을 벗어 맨몸에 바람이나 쐬고 맥주를 마시는 것에 의미를 두는 무리였다. 그리고 네 번째는 윤락녀와 그녀들의 파트너, 대부분 중년의 유럽 남자들이었다.

청춘 남녀들이 여행 중에 눈이 맞아 섹스를 하면 그들은 다음 여행지까지 계속해서 함께 가거나, 그냥 섹스만 한 뒤 심플하게 안녕을 고하고 각자 갈 길을 떠났다. 그러나 유럽에서 온 중년들은 달랐다. 그들은 2주 내내 똑같은 여자를 만났다. 똑같은 여자와 밥을 먹고 섹스를 하고 수영을 하고 햇볕을 쬐고 휴가 내내 붙어다녔다. 2주 동안 그들은 지갑을 몽땅 털어 준 뒤 고국으로 가는 비행기를 탔다. 그리고 1년 뒤 휴가도 이곳으로 와서 같은 여자를 찾았다. 다행히 그녀가 다른 고객과 스케줄이 겹치지 않으면 그는 또다시 그녀와 섹스하고 수영하고 밥 먹고…… 지갑을 홀랑 털어 주고 떠났다. 말하자면 보수적이고 소심한 남자들이었다.

여자들에게 자신감을 잃은 노총각, 홀아비, 뚱보, 대머리, 소심자, 늙은이들이 대부분이었다. 외모 콤플렉스와 경제적인 결핍, 성격 결함으로 고독에 쩌들어 버린, 강아지를 한 마리 앞세우고 광인처럼 거리를 쏘다니거나 아침부터 카페 바에 서서 맥주를 들이켜는 사람들이었다. 그들은 먼 이국땅, 야자수가 늘어진 해변의 여자들에 대한 정보를 주고받았다. 그곳 여자들은 긴 흑단 머리채를 휘날리며 상냥하게 웃는다. 순종적이다. 쉽게 섹스를 할 수 있다……. 그들은 순수하게 쾌락과 햇볕을 찾아 이곳으로 날아왔다. 떠나기 전에 그들은 여권 외에 중요하게 필수품으로 챙겨야 할 것들도 체크했다. 두툼한 지갑과 수영복, 콘돔. 망고 아저씨를 처음 보았을 때 왠지 그런 부류처럼 보였다. 그러나 그는 뻘겋게 달아오른 얼굴로 여자를 보기만 하면 쾌락 중추 신경이 자극받아 눈 아래 근육이 흔들리는 그들 무리에 포함될 수 없는 치명적인 결점이 있었다. 여자의 몸을 만지고 함께 수영하고 칵테일을 마시며 웃고 놀기에는 그는 너무너무 게을러터졌다. 무엇보다 그는 좀 더 사색적인 면이 있었다. 내가 아는 누군가를 닮았는데, 이름이 떠오를 듯 떠오르지 않았다.

"정말 뼛속까지 게을러터졌군요. 이건 여기 있는 사람들을 너무 위험하게 하는 행위예요. 페스트보다 전염이 잘 되고 마약보다 빠져나오기 힘든 위험한 짓이에요. 뭐라도 해야 하지 않을까요? 그러지 말고 우리한테 불어 수업이라도 몇 번씩 해주시는 건 어때요? 난 불어를 알고 싶어요."

이렇게 제의한 것은 역시 잭이었다. 망고 아저씨와 잭은 아웅다웅하는 부자지간처럼, 아들이 깐죽거리며 성가시게 할 때마다 아버지는 귀찮아서 돌아눕지만 결국 어린 녀석의 투정을 받아들이고 그가 원하는 대로 해주는 식이었다.

"그럴까. 그럼 오늘은 두 단어를 가르쳐 줄 테니까 잘 들어 봐. récréation, 이건 휴식이란 뜻이야. 내가 좋아하는 단어들 중의 하나지. 그런데 이 단어를 잘 뜯어 보면 '다시'라는 뜻의 're'와 창조라는 뜻의 'création'을 합쳐 놓은 거야. 어때? 참 대단한 단어 아니야? 휴식의 다른 말은 재창조라는 거지. 그러니까 오늘의 불어는 récréation과 création입니다. 자, 그럼 다시 재창조의 시간으로 들어가 볼까?"

망고 아저씨가 노란색 꽃이 소복이 달린 나뭇가지 하나를 들고 나타났다. 건기가 되면서 거리에 온통 피어서 늘어진 그 꽃나무에서 꺾은 것 같았다. 그는 늙은 곰처럼 터벅터벅 수영장 모서리에 놓인 가부좌를 튼 부처님 앞에 가서 앉았다. 꽃나무 가지를 수영장 물에 푹 적셔서 꺼내더니 돌부처님의 머리와 어깨와 몸에 끼얹어 먼지와 열기를 씻어 냈다. 또다시 꽃가지를 물에 적시더니 이번엔 자신의 머리와 어깨와 배를 적셨다. 다음엔 부처님, 그다음엔 자신의 몸, 번갈아 가며 꽃물을 적시고 먼지를 씻어 냈다. 우스꽝스럽고 이상한 짓이었다.

"뭐하시는 거예요?"

"여기 앉아 봐. 내가 축복을 줄 테니까."

물에 적신 꽃가지로 나의 머리와 어깨 등을 두드리며 꽃물 세례를 해주었다.

"이 꽃 이름은 황금 아카시아야. 내게는 사연이 많은 추억의 꽃이지. 내가 처음 여기 왔을 때 거리에 이 꽃들이 온통 피어 있었어. 그땐 하늘도 황금빛, 땅도 황금빛으로 그늘져 있었어. 그 아래를 걸어가는 사람들 얼굴도 황금빛이었어. 여자들이 한 손에는 물 양동이, 한 손에는 이 황금 아카시아 꽃다발을 들고 어딘가를 가더라고. 나도 따라가 봤더니 절이었어. 소녀들, 처녀들, 아줌마들, 할머니들…… 여자들이 동그랗게 둘러싸여 있는 곳에 가니 그 안에 조그만 부처님이 있었어. 이 부처님보다 훨씬 조그만. 부처님은 여자들한테 둘러싸여 황금 아카시아 꽃잎 물세례를 받고 있었어. 너무 부럽더군. 질투가 날 정도였지. 사람이 태어나서 한평생 살면서 저런 호사스러운 순간 정도는 한 번쯤 누려야 되지 않을까 그런 생각을 했지."

"그럼 그 꽃물을 저에게도 주세요."

잭이었다. 이어서 두리안도 옆에 왔고 가끔 얼굴 보이는 중국 남자도 왔다. 우리는 모두 수영장 난간에 앉아 물속에 발을 넣고 찰팍거렸다. 꽃물 세례라니, 다들 반은 장난인 가벼운 기분이었다. 망고 아저씨는 축복을 주는 꽃물이니 소원을 말하라고 했다. 다들 신통찮은 소원을 농담 삼아 지껄여 댔다. 두리안만이 그렇지 않았다. 그녀는 머리카락에서 떨어지는 꽃물을 받아 두 손으로 세수를 했다. 그리고 진지한 목소리로 이렇게 말했다. 너무 과하게 마신 듯했다.

"내 소원은요, 다시 한 번 내 인생에 봄이 왔으면 좋겠어요. 내 사랑이 다시 한 번 내 몸에 꽃을 피워 주었으면 좋겠어요. 그이가 내 몸에 핀 이 봄꽃을 꺾어 주었으면 좋겠어요. 내가 세상에서 가장 아름다운 여자라고 말해 줬으면 좋겠어요. 밤새도록 춤을 추고 뜨거운 키스를 하고 싶어요. 내 아랫도리가 다시 축축하게 젖어 밤꽃 냄새가 나기를, 이 젖은 밤꽃을 그이가 다 먹어 주기를 기다려요."

이쯤해서 그녀의 술주정과 망고 아저씨의 소원성취 남발을 끝내야 할 것 같았다. 나는 아저씨에게 지금의 아내와 어떻게 만났는지 물었다. 아저씨는 황금 아카시아를 물속에 담근 뒤 자신의 몸 위에 뿌렸다. 가슴에 붙은 노란색 꽃잎을 떼어 내며 이렇게 말했다.

"그래, 지금 내가 막 그 이야기를 하고 싶었어."

먼저 말을 건 사람은 '머리 잘 감겨 주는 여자'였다. 그때 그는 바닥에 떨어진 황금 아카시아 꽃잎들을 주머니에 쑤셔 넣고 있는 중이었다. 헬로, 여자는 생글생글 웃으며 그에게 말을 걸었다. 서양 남자에게 볼일이 있는 여자들은 모두 이렇게 시작했다. 여자는 그 옆에서 황금 아카시아 꽃잎을 함께 주웠다. 두 사람은 주머니 가득, 가방 가득 터지도록 황금 꽃잎을 넣었다. 여자는 꽃길 끝까지 그를 따라왔다. 그리고 그 끝에 서서 말했다.

"나는 머리 잘 감겨 주는 여자입니다."

그것이 영어였는지 불어였는지, 어떤 언어였는지 그는 기억나지 않았다.

"그럼 샴푸는 어디에?"

"집에 있죠."

"그럼 어디 가볼까?"

이렇게 해서 그는 망고나무 숲 속에 있는 그 동네에 첫발을 디뎠다. 낡은 의자가 있었고 그는 거기에 앉았다. 여자는 주워 온 황금 아카시아를 양동이에 모두 넣고 거기에 물을 부어서 가지고 왔다. 바가지로 황금 아카시아 물을 떠서 그의 머리에 끼얹었다. 그리고 샴푸질을 했다. 그때까지 그는 누구에게도 이렇게 머리를 맡겨 본 적이 없었다. 처음엔 어색했고 그다음엔 간지러웠고 그다음엔 편안해졌고 그다음엔 황홀해졌다. 여자의 손길은 그의 모든 죽어 가는 감각들을 일깨워 주었다. 그는 눈을 떴다. 자기도 모르게 이런 소리가 나왔다.

"사랑합니다. 사랑합니다. 사랑합니다."

여자가 오만한 미소를 지었다. 누군가 그에게 망고 주스를 한 잔 가져다 주었다. 지독한 달콤함이 온몸으로 뻗어 나가면서 전기가 일었다. 그는 의

자에서 일어서서 여자를 번쩍 안았다. 여자가 살짝 웃었다. 여자의 입에서
망고 냄새가 났다. 그의 고향에서 먹었던 그 망고 샐러드에서 났던 그 냄새
보다 훨씬 진했다. 여자는 검지를 세워 길을 안내했다. 그 손길을 따라가니
방 안의 조잡스러운 대나무 침대까지 가게 되었다. 제대로 신을 믿은 적이
없었지만 그 순간 그는 저 침대야말로 신이 그에게 내린 운명이라고 생각
했다. 모든 황홀한 운명의 순간들이 끝났을 때 여자는 그에게 돈을 요구했
다. 거기에는 머리 감겨 준 비용은 물론 침대에 가서 놀았던 비용과 망고주
스 값까지 비싸게 청구되었다. 여자는 그런 식으로, 머리를 감기거나 잘라
주거나, 꽃잎을 함께 줍거나, 자유로운 방식으로 남자를 침대 위로 끌어들
여 돈을 벌었다. 그것이 그녀의 직업이었다.

　망고 아저씨는 그 맛, 그러니까 섹스의 맛을 좀 아는 사나이라고 스스로
자부심을 가지고 있었다. 프랑스 남자답게 꽤나 세련되고 복잡한, 화려한
기술을 터득하고 그것들을 제때 활용할 줄 알았다. 자신의 옛 부인, 소와 곰
을 합쳐 놓은 것 같은 여자의 입에서 고양이 소리가 흘러나오게 하는 고수
의 자부심이 있었다. 그러나 그것은 과거가 되어 버렸다. 그는 그저 합일의
충만함을 맛보았다. 선풍기가 휘저어 대는 공기 속에서 여자 냄새를 맡았
고 자연스레 짝짓기의 본능이 살아났다. 들판의 야생 짐승처럼 그냥 엉겨

붙었다. 그 끝에는 온몸에서 들짐승의 땀 냄새가 났고 지독하게 목이 탔다. 그는 마당으로 나가 처마 아래 놓인 빗물 단지를 열고 바가지로 물을 퍼마셨다. 실컷 마신 뒤 그 물을 머리 위에서 부었다. 그 물맛이라니! 합일의 충만함을 맛보았다기보다 그가 알게 된 것은 합일 후 온몸에 들이붓는 물맛이었다. 세상에서 이보다 황홀한 맛은 없었다.

　이윽고 나는 망고 아저씨가 누군지 알게 되었다. 그는 '행복한 알렉산더' 였다. 프랑스 최고의 게으름뱅이로 이름을 날린 그 남자, 알렉산더. 그 남자는 그 해바라기밭에서 어디로 사라졌을까, 나는 늘 그것이 궁금했다. 그런데 바로 이곳에 온 것이다. 원래 그는 밤낮으로 일을 하던 사람이었다. 아침에 일어나면 부엌 칠판에 '오늘의 해야 할 일' 스케줄이 짜여 있었다. 젖소 우유 짜고, 농장에 말뚝 박고, 옥수수 창고에 넣고, 콩밭에 풀 뽑고, 호박밭에 호박 걷어 오고, 당근 밭에 당근 뽑고…… 그의 농장은 끝없이 넓었다. 그리고 아름다운 부인은 쉬지 않고 일을 시켰다.

　그는 늘 잠이 모자랐다. 옥수수자루를 들고 사다리를 오르다가 잠들고, 트랙터 위에서도 잠들고, 밭을 매다가도 잠들고……. 안 돼, 알렉산더! 아름다운 부인은 어디서나 나타나 그를 깨웠다. 그는 늘 옆으로 샜다. 밭에 말뚝 박다가 딱따구리와 대화를 하고, 숲에서 풀을 베다가 천둥오리를 쫓아가고,

트랙터로 다리를 건너다 물고기를 부르고……. 안 돼, 알렉산더, 이 게으름
뱅이! 아름다운 부인은 눈이 백 개나 되었다. 그는 세상의 모든 것을 사랑
했다. 일만 제외하고. 그는 지쳤다. 숨 돌릴 틈 없이 일해야 하는 인생에 완
전히 녹초가 되어 버렸다.

어느 날 그는 숲 속에 벌렁 누워 버렸다. 그리고 생각했다 이제 그만, 스
톱! 그는 멀리멀리 떠나 버리고 싶다고, 좀 쉬고 싶다고, 자고 싶다고. 그런
데 그 소원이 이루어졌다. 부인이 교통사고로 세상을 떠나 버린 것이다. 장
례식이 끝난 뒤 그는 곧바로 침대로 가서 누웠다. 그리고 더 이상 일어나지
않았다. 먹을 것들은 그의 충직한 개가 바구니로 배달해서 가지고 왔다. 이
런, 제기랄. 너무 멋진 인생이군.

문제는 그의 게으름이 마을에 너무 나쁜 영향을 끼친다는 것이었다. 아
이들은 학교에 가지 않고 잠만 자기를 원했고 동네 사람들도 죽도록 일하
는 데 회의를 느끼기 시작했다. 위협을 느낀 사람들이 그의 게으름을 비난
하기 시작했다. 그를 침대에서 끌어내기 위한 작전으로 한 친구가 비장한
각오로 그의 방으로 쳐들어갔다. 결과는 친구가 알렉산더의 게으름에 전염
되어 버렸다. 알렉산더를 만나고 나온 그는 이렇게 말했다. '아, 나는 알렉산
더를 이해해. 그는 자유야. 왜 내가 그를 방해해야 하는 거야? 나도 이제 그
만 자러 가야겠어.' 이 전염병은 너무 막강한 것이었다.

마을 사람들은 온갖 지혜를 짜내어 결국 그를 밖으로 끌어내기에 성공

망고 아저씨의 경우,
이 세상에서 가장 게으른 사나이의 열대의 나날들

했다. 밖으로 나온 그는 한 여자를 만나게 되었다. 여자는 아름다웠고 욕심이 많았다. 그녀에게서 옛 부인의 잔혹한 일시키기 악몽을 떠올린 그는 퍼뜩 정신이 들어 결혼식장에서 도망쳐 해바라기밭에 숨었다. 그의 병에 전염되었던 친구들이 따라오면서 물었다. '알렉산더, 어디로 갈 거야?' 그는 이렇게 대답했다. '글쎄, 가봐야 알지.' 친구들은 부러운 듯 부탁했다. '나중에 우리한테 이야기해 줄 거지?' 알렉산더는 손을 흔들며 멀리 떠나갔다. 대체, 그는 어디로 갔을까? 나는 늘 그것이 궁금했다. 분명 이 세상에 어딘가 제일 행복한 곳으로 갔겠지. 그런데 나는 이곳에서 그를 만났다. 망고 아저씨는 본명은 분명 알렉산더일 것이다.

내 아내는 교통사고로 죽지 않았어. 그 여자는 뇌출혈로 세상을 떠났지. 간호사였어. 우리는 청소년 때 댄스파티에서 만났어. 금발의 통통한 아가씨였지. 우리 둘 모두에게 첫사랑이었어. 시골 동네에서는 대부분 십대 후반에 첫사랑을 만나고 그 첫사랑과 결혼을 하여 백년해로하지. 참 촌스러운 사람들이지. 사실 외도를 하려고 해도 동네가 좁아서 마땅히 할 사람도 없는 환경이지만.

나는 우리 동네에 있는 작은 은행에서 돈 관리를 했어. 우리 동네 사람들은 개미처럼 일하고 알뜰하게 저금하는 사람들이었어. 물론 지금도 그렇게

들 살겠지. 다들 동네에 대한 자부심이 대단했어. 이 동네야말로 세상에서 제일 아름답다고 확신했어. 프랑스 남쪽 동네의 거위 간이 맛있다는 통계 조사가 나오면 정육점에 모여서 단체로 콧방귀를 뀌었지. 콧대가 높았어. 남쪽 거위 간이 클지는 모르지만 맛은 절대 따라가지 못한다고 우리끼리 결론을 내렸지. 다른 지방으로 휴가도 잘 떠나지 않았어. 어디를 가봐도 우리 동네가 최고라는 결론이 벌써 났기 때문이었지.

내 아내는 청소를 잘했어. 다림질도 끝내줬지. 바닥은 반들반들했고 장롱을 열면 옷들이 줄지어 정리되어 있었지. 그런 걸 보면 나는 늘 물음표가 생기곤 했어. 이것이 그렇게 중요한가 하는 것이지. 그런 일을 하느라 아내 허리는 휘어지고 손목에 깁스를 할 정도였거든. 내가 보기엔 그렇게 열심히 일하는 데 어떤 이유가 있는 건 아니었어. 동네 다른 모든 집들의 거실은 반들거리고 장롱 안은 잘 정리되어 있으니까 그렇게 하는 것이었어.

어떤 사회학자들이 원숭이를 데리고 이런 실험을 했다는군. 나무에 열린 바나나를 따먹는 순간 그 우리 안에 있는 원숭이들이 전부 전기 충격이 가해지는 거야. 그 사실을 아는 우리 속 원숭이들은 절대 바나나를 따먹지 않아. 왜냐면 바나나를 따먹으면 전기 충격이 온다는 걸 알기 때문이지. 그런데 우리에 새로 들어온 원숭이는 그것을 모르고 바나나를 따먹지. 그래서 우리 속 원숭이들은 새로운 원숭이가 들어와서 바나나를 따먹으려고 하면 모두 달려들어 두들겨 팼어. 결국 바나나를 먹으면 맞는다는 것을 아니까 바나나를 안 따먹게 되지. 누구든 바나나를 따먹으려 하면 모두가 달려가서 두들겨 패주었어. 그런데 재미있는 건 지금부터야. 전기 충격을 가하지 않았는데도 바나나를 따먹으려고 하면 다들 달려가서 패버리는 거야. 어느 사이엔가 바나나를 먹으면 때려야 한다는 사실만 남게 되었어. 왜 바나나를 먹으면 때려야 하는지, 그 이유는 잊어버린 거지.

나는 우리 동네 사람들이 꼭 그 원숭이들 같다는 생각이 들었어. 왜 그렇게 열심히 쓸고 닦고 돈 벌며 살아야 하는지 그 이유 같은 건 생각하지 않아. 그냥 다들 그렇게 사니까 나도 그렇게 사는 거야. 모두가 선량한 사람들이지만 나는 그 선량함이 너무 답답했어. 장롱 속의 줄 세워 정리된 팬티들을 보면 확 헝클어 버렸어. 한번은 아내한테 부탁했지. 행주부터 속옷까지 수북하게 담긴 다림질 소쿠리를 들고 시작하는 모습이 좀 피곤해 보였어. 그래서 이제부터 다림질 같은 건 하지 말라고, 그 시간에 그냥 저기 나랑 숲에 가서 낮잠이나 자고 오자고 했지. 햇볕도 좋으니 옷도 홀랑 벗어 버리고 숲에 가서 좀 놀다 오자고 했어. 콧방귀만 뀌더군.

그래서 나 혼자 나갔지. 숲으로. 우리 동네는 숲이 좋아. 아무것도 정리된 것이 없는, 그냥 태어나서 멋대로 커가는 것들로 가득 찬 숲이지. 그 안에서 숨을 쉬면 살아 있는 느낌이 들지. 풀들이 바람에 날리는 속에 누워서 새들이 지저귀는 소리를 들으면서 낮잠을 잤어. 누군가 내 꼴을 보았겠지. 우리 동네 사람들은 식후 산책은 좋아하지만 그렇게 숲에 누워 빈둥거리는 건 이상하게 보지. 작은 촌 동네이기 때문에 소문은 삽시간에 나. 다들 나에게 묻더군. 숲에 누워서 무얼 했느냐고. 사냥을 했냐? 무릎을 다쳤냐? 글쎄, 그냥 누워 있었지. 그냥? 그냥 누워 있었어? 그냥이라는 말은 그들 사전에는 없었어. 누워 있고 싶으면 좀 참았다가 밤에 침대로 가야지. 뭐, 그런 거지. 그러니까 우리 동네 사람들에게는 중세 시대 삶의 규칙이 그대로 내려오고 있었어. 모든 행동에는 이유가 있어야 하고 게으른 것을 죄악시했으니까. 그래, 난 좀 답답했어. 아니면 천성이 게을렀던 것일까.

우리 동네를 떠나고 싶었어. 한 번도 원하는 인생을 살아 본 적이 없다는 생각이 들었어. 점점 더 답답해졌어. 그러나 뭐, 어떻게 해야 할지, 어디로 가야 할지 알 수 없었어. 나 또한 동네의 다른 사람들처럼 우리 동네를 벗어나서 살아 본 적이 없었으니까, 이 세상이 어떻게 생겨먹고 다른 사람은 어떻게 사는지 몰랐어. 그냥 그렇게 남들과 똑같이 살았지만 늘 뭔가를 찾고 있었지.

내 아내는 다림질과 청소도 중요했지만 인생에서 제일 중요한 것은 일요일 아침 성당에 가는 것이었지. 물론 나도 성당에 갔어. 태어나면서부터 쭉 일요일 내 인생은 성당으로 예약되어 있었지. 물론 다른 사람도 마찬가지야. 1주일 내내 그렇게 쓸고 닦고 열심히 일하는 어린 양들이 뭐, 일요일에 고해성사를 할 것이 뭐가 있다고, 기도할 것이 뭐가 있다고. 우리 동네 사람들의 인생은 거의 반수도사와 마찬가지야.

그런데 어느 일요일 아침 성당 앞에 못 보던 식당 하나를 발견했어. 식당 이름이 정말로 낯설었어. '망고 샐러드'. 내 평생 들어 보지 못한 이름이었지. 무엇인가 야릇한 빛이 새어 나와 나를 당기더군. 내가 고대하던 어떤 세상을 향한 비밀 통로를 본 듯한 그런 느낌이라고 해야 하나. 그래서 갔지. 가서 처음 먹은 것이 망고 샐러드였어. 그걸 먹다 보니 미사도 끝나 버리고. 그 뒤로 일요일 아침이면 우리 부부는 함께 성당으로 갔지만 나는 혼자 몰래 빠져나와 '망고 샐러드'로 직행했지. 이럴 게 아니라 우리 어디 가서 뭘 좀 먹어 볼까?

나는 망고 아저씨의 모토 뒷자리에 타고 달렸다. 달리는 것인지 빈둥거리는 것인지, 망고 아저씨와 함께 하면 모든 것이 슬로비디오가 되어 버렸다. 아저씨에게 모토는 속도가 아니라 그저 굴러가기 위한 것이었다. 다른 모토들도 그럭저럭 굴러가고 있었고, 달리 할 일 없는 내 눈길은 다른 모토에 탄 남자들의 발가락이며, 젖을 먹이는 여자의 이마에 맺힌 땀방울이며, 연잎에 덮인 채 잡혀 가는 돼지 앞발에 걸린 지푸라기까지 세심하게 볼 수 있었다. 그들 또한 멍하니 앉아 슬슬 굴러가며 나와 망고 아저씨를 두루 살피고 있었다. 이웃 모토와 대화도 가능했다. 와, 넷이서 똑같이 선글라스를 썼네요. 네, 오늘 제 생일이거든요. 강변에서 다 같이 샀어요. 멋지죠? 그런

데 그 구아바 어디서 샀어요? 시골에서 가져왔죠. 양념장에 찍어 먹으면 최
고죠. 그런데 발등에 그 상처는 뭐죠? 아, 이거 고양이한테 물렸어요. 이곳
에서 모토를 탄다는 것은 사생활이 완전히 노출된다는 뜻이었다.

아저씨가 나를 데리고 간 곳은 망고 셔벗이 제일 맛있는 집이라고 했다.
우리는 나무 바닥이 깔린 테라스로 갔다. 열대 난들이 걸려 커튼처럼 빛을
막아 주고 있었다. 노랗거나 보라색이거나 흰색으로 핀 그 난들은 특이하
게도 화분도 없이 그냥 뿌리째 공중에 주렁주렁 매달려 있었다. 열대의 저
난들은 흙도 필요로 하지 않았다. 공기 중에 있는 물과 여러 영양분을 뿌리
로 흡수한다니 정말 신기했다. 이 공기 속에 꽃을 피울 만큼 많은 수분과 영
양분이 있다는 말이었다. 숨을 들이쉬어 영양가 높은 호두파이처럼 무겁고
기름진 열대의 공기를 폐 깊숙이 넣어 보았다.

"그래서 망고 샐러드 식당에서 무슨 일이 있었던 거죠?"

망고 셔벗이 나왔고 아주 조금만 떠서 입안에 넣었다. 주렁주렁 달려서
픽픽 소리 내며 떨어져 터지는 시골 과일이 차가운 도시적인 맛으로 변해
있었다. 뜨거운 커피가 나와 두 개를 동시에 입안에 넣어 보았다. 달콤하고
차가운 망고와 쓰고 뜨거운 커피가 입안에서 만나 사랑에 빠지고 있음을
느낄 수 있었다.

"망고 샐러드, 그 이름만으로도 마법에 홀린 것 같았어. 이것이 무엇이냐
고 물었더니 신선한 망고 채 썬 것에 강물 가재 젓갈과 신선한 고추와 라임

을 듬뿍 넣어서 볶은 캐슈넛을 뿌린 것이라고 설명해 주더군. 내 귀를 의심
했지. 그때 내 나이 육십이었어. 내 평생, 강물 가재 젓갈, 채를 썬 망고, 신
선한 고추와 라임, 볶은 캐슈넛, 이런 이름들을 들어 본 적이 없었어. 불어
에 그런 단어가 있다는 것이 신기할 정도였지. 망고 샐러드를 주문했지. 젓
가락이 나왔어. 나는 또 한 번 놀랐어. 내 평생 한 번도 사용해 본 적이 없는
도구였으니까. 젓가락이란 것은 길쭉한 종이봉투에 담겨져 있더군. 풀 수
없는 수수께끼가 든 봉투를 받은 것 같았어. 아, 그런데 봉투에 이런 것이
있었어. '젓가락 쥐는 법'. 오호, 그러면 그렇지! 젓가락을 들고 거기에 그려
진 그림 순서대로 해봤지. 샐러드가 바닥에 떨어지고 엉망이었지만 두근거
리고 행복한 순간이었지. 식당에서 나와서 성당으로 들어갔어. 진심으로 기
도한 적이 없었는데 그냥 예수님이 보고 싶었어. 예수님은 어릴 때부터 봤
으니까 사실 가장 오래된 친구나 다름없어. 망고 샐러드로 나를 이끌어 내
인생에 이런 기쁨의 시간을 준 것에 감사했어. 그러니까 예수님이 그러더
군. '내 너에게 망고의 노란빛을 보여 주었듯이 언젠가 그 황금빛이 너를 그
곳으로 이끌어 가리라, 친구.' 이렇게 말이야."

　나는 살짝 콧방귀를 뀌지 않을 수 없었다.

　"예수님이 소원을 들어주었다는 말이군요."

　"인생을 두 번 사는 거니까 행운아지. 신의 가호가 없으면 불가능한 일이
야."

"여기 뭐가 좋아요?"

"이 도시는 잘난 체하지 않아."

"잘난 게 있어야죠."

"잘난 게 없는 이 도시가 좋아."

그는 이제 곧 직업을 갖게 될 것이라는 말을 했다. 놀라는 나를 보더니 음흉하게 웃으며 테라스 끝으로 갔다. 드리워진 난들을 옆으로 헤치고 골목길 어딘가를 가리켰다. 지저분한 벽 앞에 한 남자가 의자에 앉아 해맑은 모습으로 담배를 피우고 있었다. 숫돌이 앞에 놓인 것으로 보아 칼 가는 남자였다.

"저기가 곧 내 자리가 될 거야."

칼 가는 아저씨가 곧 시골로 내려갈 예정이기에 망고 아저씨가 그 자리와 함께 숫돌과 그 외 지저분한 장비들을 모두 예약했다고 했다. 그는 그 자리에 대나무로 된 일인용 침대와 라디오를 첨가할 것이라고 사업 계획을 늘어놓았다. 아마도 그의 인생 마지막 순간은 칼을 갈다가 대나무 침대에 누워서 맞이할 것이라고 했다. 그의 노년 인생 계획을 듣는 동안 불이 켜지고 집 도마뱀들이 알전구 주위로 몰려들었다. 아저씨가 넓적한 손으로 도마뱀 한 마리를 잡았다. 놈은 발버둥 치더니 꼬리를 자르고 도망가 버렸다. 갑자기 테라스가 캄캄해졌다. 정전이었다. 순식간에 도시가 캄캄해져 버렸다. 종업원이 촛불을 켜서 탁자 위로 가져왔다.

우리는 자리에서 일어났다. 망고 아저씨가 모토로 나를 집 앞까지 데려다 주었다. 정전이 되어 캄캄해진 이 도시의 밤길을 모토로 달리는 것, 조금은 위험한 일이었다. 기분이 야릇하게 좋아지기 때문이었다. 이 어둠 속에서는 아무도 속력을 낼 수 없다. 다른 모토의 불빛들도 어디로 가야 할지 모르는 것처럼 어슬렁거렸다. 대낮에 땀을 흠뻑 흘렸던 사람들은 이제 집으로 돌아가 항아리의 물을 덮어쓰며 물맛을 느낄 것이다. 누군가는 레몬그라스 우린 물에 생선국을 끓일 것이고 누군가는 레몬즙을 짓이겨 파파야 샐러드를 만들 것이다. 망고 아저씨의 머리카락을 스치고 내게로 불어오는 이 밤 바람, 열대의 모든 냄새와 향기가 부드럽게 뭉개져 있었다.

집 앞에 도착하자 망고 아저씨는 언제나처럼 프랑스식으로 내 볼에 쪽쪽 소리 나게 입을 맞추며 인사를 했다. 털북숭이 늙은 팔로 어쩌나 달콤하게 내 허리를 안아 버리는지 아무래도 망고를 너무 많이 먹은 부작용이 아닌가 싶었다. 조금은 몽롱한, 막 사랑에 빠진 듯한 어질함을 느끼며 집으로 들어갔다. 열대의 밤길을 한 시간 이상 돌아다니면 언제나 그런 환각의 상태에 빠지게 되었다.

두리안의 경우,

조금은 로맨틱하고 서글픈 열대 호텔에서의 나날들

● 이제 두리안, 그녀 차례다. 그러자면 먼저 황혼에 대해서 말해야 한다. 이 수영장에서 황혼은 매일 같은 시간에 갑자기 들이닥치듯 왔다. 온통 축축한 오렌지 색깔 폭포가 되어 하늘에서 강으로 떨어져 흘러내렸다. 조금 전까지 햇볕에 퇴색되었던 하늘이 있었다는 것은 까맣게 잊어버릴 만큼 강렬한 풍경이었다. 두리안은 황혼을 좀 더 가까이서 보기 위해 강변을 향해 걸어갔다. 붉은빛으로 물든 공기를 헤치며 걸어갔다. 몸을 조금 비틀거리며 손을 뻗어 붉은 공기를 잡으려고 했다. 이 모습이 그녀에 대한 나의 첫 이미지였다. 강변의 노을 속을 걸어가는 맨발의 두리안은 한때 잘나갔지만 어깨 부상을 당해 버린 여자 원반 선수의 비애감 같은 것이 있었다. 여전히 건장했지만 아무것도 할 수 없는 여자, 황혼에 비친 그녀의 실루엣은 아름다웠지만 좌절당한 꿈 때문에 슬퍼 보였다.

그녀가 수영장에 와서 하는 패턴은 언제나 똑같았다. 대체로 그녀는 말이 없었지만 이때만은 나에게 인사를 했다. 특이하게도 그녀는 마가리타만 마셨다. 적어도 열 잔 정도는 마셨다. 노을이 내릴 시간이 될 때쯤이면 늘 얼굴이 불그스레해졌다. 해피 아워 때면 한 잔을 시키면 두 잔이 나왔는데 그녀는 그 두 번째 공짜 술을 언제나 내게 돌렸다. 그래서 나도 마가리타를 마시게 되었다. 상큼한 술이었다. 마가리타 잔에 입술을 대면 술과 함께 테두리에 붙은 소금이 흘러들었다. 짭짤한 소금과 라임이 듬뿍 들어간 차갑고 부드러운 이 칵테일은 태양이 내리쬐는 파라솔 아래 꼭 어울리는 맛이었다. 문제는 이 차가움이 너무 빨리 사라진다는 것이었다. 차가움이 가시기 전에 단숨에 마셔서 그 상큼함을 그대로 느껴야 했다. 그러다 보니 마시는 속도가 빨라지고 열 잔은 금방이었다. 잔이 너무 작기도 했다.

그녀는 늘 취해서 비틀거리며 걸어갔다. 황혼에 물든 공기는 너무나 두꺼워서 오렌지 색깔 천이 바람에 흔들리는 것 같았다. 어느 순간 펄럭거리는 붉은 천에 부딪친 것처럼 그녀는 바닥으로 쓰러졌다.

"저 깃발 좀 봐요."

강변에는 이 나라의 국기가 오렌지빛 바람에 날리고 있었다. 오렌지빛으로 물들어 펄럭거리는 깃발을 보면서 그녀는 미칠 것 같다고 말했다. 아무리 바람에 날려도 날아가지 못하는 저 깃발을 보면 가슴에서 불이 활활 타오른다고 말했다. 언제나 저 기둥 꼭대기에 붙들려서 꼼짝 못하고 파파파파, 바람에 날리는 저 소리를 들으면 너무나 안타깝다고, 날아가지 못하는 가슴속 비밀이 펄럭이는 것 같다고 말했다.

글쎄요, 나는 그녀의 얼굴을 내려다보았다. 어쩌면 그녀는 이루지 못할 사랑에 빠진 것일까, 아니면 지금 불륜을 하고 있는 중일까, 그녀의 얼굴 어딘가에서 무엇인가 확확 소리 나게 불타고 있는 것이 보였다. 대체 그녀의 뜨거움은 어디서 온 것일까, 이 순간 두리안을 생각했다. 생긴 모양에서나 맛에서나 냄새에서나 너무나 강력한 이 특별한 과일은 도대체 어디에서 왔을까, 그런 생각을 했던 것처럼 그녀의 이 뜨거움은 어디서 오는지 생각하지 않을 수 없었다.

　온통 날카로운 가시로 뒤덮인 두리안, 처음 보았을 때 이것은 의문의 과일이었다. 뾰족뾰족한 뿔들이 가득 박힌 도깨비 머리통이 과일이라니 어떻게 먹어야 하는 것인지, 어떤 맛인지 짐작할 수가 없었다. 그런데 저것이 과일의 왕이란다. 그래서 먹어 보기로 했다. 숙련자가 두툼한 장갑과 크고 날카로운 칼을 들었다. 모두 여섯 조각으로 쪼개니 속이 드러났다. 과육은 고치 속에 숨어 포근히 잠든 누에 같았다.

　어떤 사람들은 그 냄새가 지독하게 구리다고 말했다. 나는 처음부터 그 냄새를 좋아했다. 이곳 사람들은 두리안 껍질을 침대 밑에 놔두고 자는 버릇이 있는데 그 냄새를 맡으면 곤하게 잠을 잘 수 있기 때문이라고 한다. 나 또한 두리안 냄새를 맡으면 날카롭던 신경줄이 느슨해진다. 그것을 먹기라도 하면 바로 행복함으로 충전되어 버린다. 그렇지만 열이 많은 과일이기 때문에 조심해야 한다. 더운 날씨에 두리안을 과식해서 온몸에 열이 치솟아 어쩔 줄 몰라 하는 사람도 가끔 보았다. 아기를 못 가지는 여자가 이것을 먹으면 자궁이 따뜻해져서 아기를 가질 수 있다고 할 정도다. 배고프거나 목마를 때 먹고 싶은 과일이 아니었다. 두리안은 내 마음이 심히 고통에 빠졌을 때, 행복해지고 싶을 때, 그때 찾게 되는 과일이었다. 매번 두리안을 먹을 때마다 눈은 저절로 감겼고 우러러 칭송하지 않을 수 없었다. 그리고 이렇게 결론을 내렸다. 두리안, 내 입에 들어갔던 세상의 모든 음식들 중에

두리안의 경우,
조금은 로맨틱하고 서글픈 열대 호텔에서의 나날들

서 가장 맛있었던 것.

사계절 과일들은 상상을 초월하지 않는다. 다 거기서 거기다. 생긴 것도 맛도 냄새도, 평범하고 상식 안에 있다. 그러나 열대 과일들은 뭐랄까 충격이었다. 지구 위에 이런 괴상한 모양과 맛의 과일들도 있었구나. 땅에 뿌리 박고 사는 모든 나무와 풀들에 대해서 다시 생각하게 되었다. 열대에서 무엇을 했느냐고 묻는다면 나는 이렇게 말할 수 있다. 많은 이상야릇한 과일들을 먹으면서 많은 이상야릇한 생각을 했다고. 그중에서 두리안은 핵폭탄급이었다.

내가 두리안이라고 부르기에 주저하지 않는 그녀는 척 보기에 듬직한 여자였다. 여자 원반던지기 선수 같은 느낌이라고 해야겠다. 어깨가 듬직하고 두 다리도 튼실했다. 짤막한 머리카락은 파마를 했지만 정리하지 않고 부스스하게 하고 다녔다. 멀리서 보면 남자 같았다. 가까이서 봐도 그랬다. 화려한 꽃무늬의 비키니를 입고 있지만 조금도 야해 보이지 않는 동양 여자, 한국 여자였다.

그녀가 이 도시에서 가장 맛있는 마가리타를 마시러 가자고 했다. 프랑스 건축가가 지은 식민지 스타일의 로맨틱한 호텔이었다. 조그맣고 고급스러운 이 호텔은 프랑스 사람들이 열대를 즐기는 방법을 터득할 수 있게 해주었다. 정문을 들어서면 차를 세울 수 있는 마당이 있고 그 마당을 지나면 호텔로 들어가는 계단이 나온다. 계단에는 붉은 양탄자가 흐르는 물처럼 깔려 문까지 이어진다. 문 앞에는 두 명의 소년이 하얀색 바탕과 금색 테두리가 쳐진 이 나라 전통 옷을 입고 다소곳이 문을 열어 준다. 미소까지 활짝 지으며. 그 부드러움과 우아함에 귀족의 피가 1그램도 없는 나 같은 사람은 몸 둘 바를 모르게 된다.

　로비를 지나 그 끝에 있는 문을 열고 나가니 이 호텔의 보석인 안마당이 나왔다. 우리는 늙은 열대 나무에 포근하게 싸여 있는 수영장을 한 바퀴 돌았다. 다정하게 휘어진 오솔길을 지나니 대리석 깔린 복도가 나왔다. 어디를 가도 시원하고 반들반들했다. 이곳에서는 땀을 뻘뻘 흘리게 하는 불타는 태양 같은 것은 없었다. 같은 하늘 아래 있지만 저 바깥세상과는 격리된 곳이었다. 찐득거리는 더위도, 파헤쳐진 땅도, 쓰레기도, 냄새도, 지저분한 모든 것이 사라져 버렸다. 서늘한 복도를 걸어가는 동안 맨살에 와 닿는 쾌적함에 반했다. 나는 단숨에 이 식민지 스타일 호텔과 사랑에 빠져 버렸다.

　우리는 식민지 시대 프랑스 귀부인처럼 도도하게 호텔의 이곳저곳을 돌아다니다 로비로 돌아와 마가리타를 주문했다. 반들거리는 고가구 탁자 앞에 앉은 사람들이 칵테일을 홀짝이며 시가를 피우고 있었다. 체스를 하는 늙은이들도 있었고 또 다른 알 수 없는 게임들을 하고 있었다. 아마색 펄렁한 비단옷을 입고 머리에는 멋쟁이 모자들을 썼다. 늘어진 살집을 내보이며 수영복 바람으로 엎어진 망고 아저씨 같은 타입의 사람은 없었다. 꽤나 잘난 척하는, 프랑스적인 풍경이었다.

"세상의 모든 호텔들 중에서 열대의 호텔이 최고란 말예요. 로맨틱해요."

마가리타 일곱 잔을 마시고 나자 두리안은 이렇게 자신의 열대 호텔 섭렵에 대해서 이야기하기 시작했다. 한 잔의 마가리타를 마실 때마다 또 다른 하나의 호텔 이야기들이 끝도 없이 흘러나왔다. 그녀 안에는 술 마시기 전과 마시고 난 뒤, 확실히 다른 두 사람이 있었다. 소심하고 얌전한 두리안, 그리고 좀 격렬하고 지나치게 솔직한 두리안.

한때 나는 모든 호텔들에 심취했던 적이 있었어요. 정확히 말하면 '나는' 이 아니고 '우리는'이라고 해야겠네요. 우리는 처음 만날 때부터 호텔을, 그러니까 여관을 좋아했어요. 오직 우리 둘만 있을 수 있는 공간이었으니까요. 있는 것이라고는 이부자리와 물주전자, 플라스틱 컵, 휴지가 전부였죠. 여관이 좋았던 건 이 세상 물건이라곤 없기 때문에, 세상과 완전히 차단되었기 때문이었죠. 문만 닫으면 오직 우리 둘만의 세상이었죠. 거기서 무엇을 했느냐고요? 많은 것을 했죠. 먹고 마시고 읽고 놀고 자고 무엇인가에 취해 있었죠. 그중에서 가장 좋은 건 쾌락놀이였어요. 육체적 쾌락, 세월이 지난 뒤 그것이 사랑이라는 것을 깨달았죠. 우리가 탐닉했던 그 쾌락은 사랑이었어요. 그때는 몰랐는데, 나중에 알게 되었죠.

그 남자의 몸이 왜 그렇게 좋았는지 모르겠어요. 그런 것을 보고 천생연분, 하늘이 내린 인연이라고 하나요? 어디서라도 하고 싶어 몸을 떨었죠. 버스를 타고 가다가도 허벅지 사이로 그 남자의 성기가 느끼고 싶어 포개 앉았어요. 버스에서 내려 길을 걷다가도 그의 가슴을 느끼고 싶어 아무 벽에나 기대어 안았죠. 들판의 소들 속에서도 뒹굴었어요. 외양간에 가서도 했죠. 눈 위에서도 발가벗고 그를 안았어요. 우리가 살았던 그 도시와 근교 시골 어디를 가든 우리가 사랑을 나누지 않은 장소는 없었죠. 우리는 서로의 몸에 미쳐 있었어요.

그 남자의 살을 만지는 것이 좋았어요. 마르고 근육도 없는 몸이었어요. 털도 없었어요. 남성적인 데라곤 없었죠. 나약한 성격만큼 몸도 약했어요. 어떤 못된 여자가 상처를 주면 그는 그저 고통스러워하고 뒹구는 것밖에 할 수 없는 남자였어요. 그래요, 내가 그를 고통스럽게 했어요. 나는 그를 즐겼어요. 그가 내 몸에 빠져드는 것을, 어떻게 나를 쾌락으로 몰고 가는지 보는 것을 좋아했어요. 인간의 몸이 갈 수 있는 끝까지 가보았어요. 더 이상은 없다고 생각했어요. 그 남자는 사냥꾼이었고 살인자였어요. 우리는 야생의 숲 속을 알몸으로 돌아다녔고 헤엄을 쳤고 매일 밤 짐승처럼 사랑했어요. 그리고 나는 그의 총에 맞아 죽었어요. 그래요, 그때 나는 죽었어요. 그 이후로 다른 남자를 만났지만 그런 황홀감은 없었어요.

그 남자가 처음이자 마지막이었죠. 정말 이상하죠? 우리는 술집이나 찻집, 이런 데를 좋아하지 않았어요. 여관만을 좋아했어요. 우리의 약속 장소는 방이었어요. 여관방 문을 여는 그 순간, 그곳은 숲이 되었어요. 강이 되었고 바다가 되었어요. 아무도 없는 숲, 우리 둘만을 위한 낙원이었죠. 그런데 여관에서 나올 때 그 남자의 뒷모습을 보면 참 초라하구나, 하는 생각이 들었죠. 저렇게 보잘것없는 남자의 성기가 그렇게 좋다니, 난 정말 미친 거야. 이런 생각을 하면서도 그에게 달려가 나를 어떻게 좀 해달라고 매달렸어요. 그 남자는 나를 아기처럼 안아 주고 씻겨 주었어요. 그러면서도 내 두 다리를 창녀처럼 벌리게도 했죠. 가끔 나는 그가 주는 지독한 쾌락에 빠진 내가 혐오스러워서 치를 떨기도 했어요. 두통에 시달렸죠. 벌거벗은 그의 몸을 보면 죽여 버리고 싶다가도 그가 나를 안아 주면 그 희열 때문에 내가 죽어 버릴 것 같았어요. 우린 서로에게 미쳐 있었지만 결국엔 헤어졌어요.

말하자면 나는 이기적인 여자였던 거죠. 그 남자는 나를 사랑하는 능력 외에는 아무것도 가진 것이 없었어요. 오직 내 몸에 쾌락을 주기 위해, 나만을 위한 성기를 가지고 태어난 남자였어요. 그래요, 그래서 그를 떠났어요. 떠나면서 알고 있었죠. 그는 폐인이 될 것이다. 어떤 여자도 안지 못할 것이다. 그리고 나는 어떤 남자를 만나도 그 남자가 준 그 쾌락을 느끼진 못할 것이다. 영원히 그 몸을, 그 성기를, 내 몸을 더듬는 그의 손길을 그리워하면서 살 것이다. 나는 그것을 알고 있었어요. 맞아요. 그 뒤로 내 인생은 건

조해졌죠. 마음속에는 바람만 불었죠. 모든 것이 다 흩어져 버렸어요. 그런데 그 바람 속에 날아가지 않고 펄럭이는 깃발이 하나 있었죠. 그래요, 바로 그 남자의 얼굴, 어쩌면 손길일까요?

두리안이 수영장으로 가는 강변 호텔 입구에서 서성거리고 있었다. 한 손에 뭔가 가득 든 검은 비닐봉지를 들고 뙤약볕 아래 서 있는 그녀는 정신 나간 여자처럼 보였다. 짤막한 머리카락은 헝클어졌고 입으로는 무슨 소린가를 중얼거리고 있었다. 대체 그녀의 가슴속에는 무엇이 활활 타고 있는 것일까. 아, 바람에 날리는 깃발이 있다고 했지.

"우리 영화관에 갈래요?"

그녀가 먼저 나를 발견하고 이렇게 물었다.

"영화관이라니, 여기도 영화관이 있어요?"

"저기, 거기 있잖아요."

"아니, 거기는 귀신 영화만 상영하는 데잖아요."

"네, 우리 거기 가요. 이걸 샀는데 가서 먹으면서 봐요."

검은 비닐봉지 안에 든 것은 망고스틴이었다. 망고스틴을 영화관에 가서 먹자니, 어두컴컴한 데서 이걸 어떻게 까서 먹겠다는 건지. 아무튼 우리는 툭툭을 타고 영화관으로 갔다. 이 영화관은 큰길에 있어 차를 타고 오고

가면서 늘 보았던 곳이었다. 그러나 이곳에서 영화를 볼 것이라는 생각을
한 적은 없었다. 언제나 귀신 엽기 공포영화만 전문으로 상영하는 곳이었
다. 영화관 간판만 봐도 끔찍했다. 사람이 손으로 그린 조잡한 페인팅 간판
이었다. 여자의 시퍼런 혓바닥이 뱀처럼 길게 나와서 남자의 목을 조른다
거나, 이상한 글귀가 가득 새겨진 채 퉁퉁 불어서 욕조에 떠오른 남자의 알
몸이라든가, 눈과 코, 입에서 피가 줄줄 흘러내리는 몰골로 도시를 헤매고
있거나, 간판을 보는 것만으로도 충분했다.

영화관 안에는 청춘 남녀들로 빼곡했다. 쌍쌍이 앉아서 뭔가를 맛있게
먹고 있었다. 소금과 설탕에 절인 새콤한 과일과 채소들, 구운 쥐포와 오징
어, 튀긴 소시지와 고춧가루 양념 냄새, 군것질거리 냄새와 함께 청춘의 땀
냄새, 극장의 먼지와 지린 냄새, 온갖 것들이 뒤섞여 극장 안 공기를 열기
넘치게 했다. 우리도 망고스틴을 펼쳐 그 냄새에 가세했다.

"영화가 시작되면 너무 어두우니까 지금부터 먹어요."

그녀는 망고스틴을 손에 들고 손가락으로 가볍게 으꼈다. 껍질에서 보
라색 물이 나와 손가락을 적시면서 하얀색 알맹이가 예쁘게 모습을 드러냈
다. 이런 지저분한 극장에서 먹기에는 좀 미안한 과일이었다. 이윽고 영화
가 시작되고 화면에서는 남자가 나왔다. 캄캄한 밤, 순진하지만 불안한 얼
굴을 한 한 남자가 걸어간다. 땅바닥에는 선홍색 피가 흥건하다. 공기는 푸
르스름하고 무엇인가 이상한 기운이 흐른다. 한 여자가 쓰러진 남자 위에

올라타 목덜미에 이빨을 대고 피를 빨아먹는 것을 발견한다. 남자는 몸을 숨기며 숨을 헐떡인다. 이윽고 피를 빨던 여자가 고개를 든다.

　나는 이런 영화가 정말 싫다. 망고스틴에나 집중해야겠다. 사실 망고스틴은 까다로운 과일이다. 설레는 마음으로 사오지만 집에 와서 보면 늘 반은 실패다. 1년쯤 살고 나니 고르는 방법을 좀 알 것 같았다. 엄지와 검지로 잘 눌러 보는 것이 비법이었다. 눌렀을 때 살짝 부드럽게 들어가는 것이 싱싱한 것이었다. 껍질을 사이에 두고 안에 든 흰 과일과 내 손가락이 접속하는 그 순간, 찰나의 감으로 느껴야 한다. 그 찰나가 지나가고 다시 한 번 더 누르면 그만 감이 떨어져 썩은 과일을 고르기 십상이다.

　"여긴 정말 혼자인 사람이 없군요. 오늘은 나도 혼자가 아니네요. 이건 내가 제일 좋아하는 열대 과일이에요. 이 망고스틴은 왠지 내 남자와 꼭 닮았다는 생각이 들어요. 생긴 것이 앙증맞고 사랑스럽죠? 그 남자는 마지막 순간에도 다정했어요. 내가 자기를 버릴 것이라는 것을 이미 알고 있었지만 한 번도 자기가 얼마나 고통스러운지 말한 적이 없어요. 배반한 사람도 나였고 그 뒤에 고통스러운 사람도 나였어요."

　화면 속의 드라큘라 여자는 아름답고 신비한 긴 머리의 여자다. 그녀는 머리카락을 휘날리며 화가 나서 남자에게로 날아온다. 남자는 그녀에게 붙잡힌다. 아름다운 여자 드라큘라는 남자의 목덜미에 송곳니를 박기 위해 남자를 본다. 그들은 서로를 본다. 푸르스름한 불빛이 흔들리며 그들의 불

안한 얼굴을 어루만진다. 그때 객석에서 으흐흑, 거리는 소리가 들렸다. 그
러더니 청춘 남녀들이 깔깔 웃어 댔다. 영화는 로맨틱 공포영화인 듯했지
만 극장 안의 청춘 남녀들은 아무 때나 공포의 소리를 지르고, 서로를 껴안
고, 웃고, 때리고, 또 먹어 댔다.

"우리 이웃에 미친 여자가 살아요. 우리 동네는 저녁 7시부터 9시까진 늘
정전이에요. 그러면 하늘에 뜬 달은 더 밝아지고 풀벌레 소리와 뱀이 기어
가는 소리, 온갖 짐승들 소리가 들리죠. 이 미친 여자는 그 시간이면 더욱
미쳐 버리나 봐요. 동네 뒤쪽 숲을 향해 달려가는 소리가 들려요. 몇 번이나
본 적이 있어요. 맨발로 산발한 머리카락을 휘날리며 뛰어가더군요. 허리를
젖히고 요란하게 웃으면서 달려갔어요. 그 웃음, 그 표정, 광기에 사로잡혀
있었어요. 이웃집 남자와 사랑에 빠졌는데 그 남자는 다른 동네로 이사를
가버렸대요. 나는 그 여자를 이해할 수 있을 것 같았어요. 그 여자의 광기
어린 표정에서 나를 보았어요. 우리는 비슷한 부류의 여자였어요. 그러니까
남자의 몸에서 죽을 만큼 지독한 희열을 맛보아 버린 여자, 그 욕망이 너무
강렬해 두통을 앓고 결국엔 미쳐 버린 여자, 그런 기질 때문에 불행해진 여
자였어요. 그래요, 나도 그 미친 여자처럼 맨발로 숲 속을 헤매고 싶었어요.
그렇지만 난 미쳐 버릴 만큼 용기가 있지는 않아요. 그럴 땐 그냥 이런 과일
로 달래죠. 심장에 열이 오를 때 망고스틴을 먹으면 편안해져요. 나랑 궁합
이 맞는 과일이죠."

두리안이 껍질을 쪼개어 하얀 살을 내보였다. 두꺼운 껍질 속에 든 하얀 살은 햇마늘처럼 박혀 있었다. 이 맛은 뭐랄까, 많은 이야기를 하게 만든다. 화려한 맛이다. 그래서 과일의 여왕이라고 불리는지도 모른다. 그저 '맛있다'라는 말로는 부족한 고귀한 맛이 숨어 있다. 귀족적인 차가움이라고 해야 하나. 눈꽃빙설 같은 그런 맛이다. 입에 넣는 순간 부드럽게 사라져 버려 아쉬움을 준다. 먹고 났을 때 포만감을 주지 않는다. 별로 서민적인 과일은 아니다. 한 보따리 사와도 입에 들어가는 건 별로 없는 얄미울 정도로 조금뿐이다.

"이 영화 어때요? 내가 정말 좋아하는 거예요. 사실 몇 번 봤답니다."

영화는 이제 거의 끝나 가고 있었다. 나는 영화의 내용을 전혀 파악하지 못했다. 다들 영화를 보러 온 건지, 잡담하러 온 건지, 먹으러 온 건지. 드라큘라 여자는 남자의 목덜미를 물어뜯지 않았다. 그녀는 그 남자가 왠지 마음에 들었고 살려 두고 싶다. 그러나 남자는 아쉽다. 그는 드라큘라가 물어 주기를 기다린다. 그는 사라지는 드라큘라를 붙잡으려다가 뒤로 넘어진다. 넘어진 그의 머리에서 붉은 피가 콸콸 쏟아진다. 그제야 드라큘라는 날아가 자신의 손목을 물어뜯어 그의 입에 그 피를 넣어 준다. 남자는 서서히 살아나 눈을 뜬다. 드라큘라의 피를 받아먹는 남자의 입안에서 날카로운 송곳니가 솟아오른다. 이제 그도 드라큘라가 되었다. 남자는 갓 솟아오른 송곳니로 여자 드라큘라의 목덜미를 물어뜯는다. 아, 여자 드라큘라가 행복한 신음 소리를 낸다. 한 쌍의 드라큘라는 사랑에 빠져 서로의 목덜미에 송곳 니를 박고 행복한 신음 소리를 내면서 서로를 꼭 껴안는다. 붉은 피의 하트 가 그들 위로 쏟아진다.

청춘 남녀들이 소리를 지르며 발을 굴렀다. 다들 영화에 완전 감동되어 버린 것 같았다. 나 또한 결국엔 이해하지 못한 영화와 조금은 뒤죽박죽인 영화관을 무척 사랑하게 되었다. 붉은 피의 하트를 보기 위해 어쩌면 나 혼 자 한 번 더 보러 올 것 같은 영화였다. 우리는 아직도 떠들고 웃고 먹는 청 춘들과 망고스틴 껍질들을 남겨 두고 극장 밖으로 나왔다.

영화관을 나오니 밖은 B급 공포영화의 아수라장이었다. 더하면 더했지. 어떻게 길들이 이렇게 엉망으로 어질러질 수 있는지. 영화관의 청춘들이 그랬던 것처럼 거리의 사람들도 호호깔깔, 걱정 없어 보였다. 긴 머리의 아 가씨가 남자친구의 허리를 꼭 껴안고 등에다 코를 박고 모토를 타고 갔다. '내 애인 좀 봐요. 저엉말 멋지죵?' 이렇게 말하는 것만 같았다. 그러나 남자 는 뭐, 별로 멋지지도 않았다. 우리는 뒤엉킨 도로를 벗어나기 위해 좁은 골 목길로 들어갔지만 쓸데없는 짓이었다. 퇴근 시간이었고 어디를 가도 사람 과 자전거와 모토와 차와 리어카 등 온갖 것들로 넘쳐났다. 넘치고 넘치더 니 아예 꽉 막혀 버렸다. 사방에서 몰려온 굴러가는 것들이 사거리에 머리

를 박고 꼼짝 못하게 되었다.

교통경찰은 이런 일에는 관심이 없었다. 이곳의 경찰들은 돈이 들어오지 않는 일에는 무관심했다. 그들은 하나같이 뱃살이 불룩하게 나오고 지옥의 사자 같은 더러운 인상을 하고 있었다. 그들의 몸에 성스럽게 반짝거리는 것이 있었는데, 손가락에 낀 큼직한 사파이어 반지로 멀리서도 눈이 부셨다. 그런 경찰들과 눈이 마주치면 저주의 마법에 걸리기 때문에 사람들은 그들을 보면 비실비실 에스 곡선을 그리며 멀어졌다가 제 갈 길로 가곤 했다.

"어머, 이것 좀 봐요."

그 북새통 속에서 두리안이 뭔가를 발견했다. 소달구지에 연결된 리어카에 실린 이인용 침대 혹은 평상 같은 것이었다. 바글바글한 가운데 낀 우리는 더 이상 한 발짝도 움직일 수 없게 되었다. 두리안이 바로 앞에 있는 평상 위로 올라가더니 나를 끌어올렸다. 나무로 만든 침대였다. 소달구지로 침대를 싣고 가던 남자가 침대 위로 올라온 우리를 보더니 침대 주인을 만난 듯 얼굴이 환해졌다. 오늘 밤 안에는 이 꽉 막힌 길을 뚫고 갈 수 없을 것 같았다. 누구도 나와서 적극적으로 해결하려고 하지 않았다. 그저 어떻게든 되겠지, 하고 다들 시간만 보내고 있었다. 그런데 마법과 같은 순간이 왔다. 어디서 어떻게 물꼬를 텄는지 모르겠지만 차가 조금씩 움직이기 시작했다. 이렇게 저렇게, 옆으로 앞으로, 뒤로…… 하더니 우리가 탄 침대 달구지도 움직이기 시작했다.

달구지 아저씨가 우리와 대화를 시도했다. 나는 절대로 살 수 없다는 표시로 강하게 고개를 흔들었다. 그러나 두리안이 나서서 침대를 사겠다고 했다. 집 약도를 그려 주자 아저씨는 소의 등짝을 두드리며 길을 재촉했다. 길을 가면서 그는 쉬지 않고 우리를 돌아보며 말을 했다. 윗이빨이 하나밖에 없는 남자였다. 무슨 말인지 한마디도 알 수 없었지만 나는 그가 이렇게 똑같은 소리를 반복하는 것처럼 들렸다.

'이 침대를 사시다니 정말 행운이십니다, 마님들. 물론 저도 행운이지요. 제가 이 침대를 손수 만들었습니다. 50년 된 코코넛 나무 등치로 만들었습죠. 자그마치 스물일곱 그루의 코코넛 나무가 쓰러졌습니다. 하나하나 제가 쪼개고 갈고 밀었습죠. 이 침대를 끌고 우리 마을에서 이 도시까지 오는 데 1주일이 걸리고 이 도시를 돌아다닌 지 사흘이 되었는데 드디어 임자를 만났네요. 누우면 코코넛 냄새가 솔솔 납니다. 이 코코넛 나무 침대에 누우면 근심 걱정이 사라져요. 행복을 주는 나무죠.'

이렇게 해서 달구지 뒤에 실린 침대에 앉아서 두리안의 집으로 가게 되었다. 그녀의 집은 시내에서 참으로 멀었다. 나는 거의 꾸벅꾸벅 졸았다. 이 도시 외곽에 있는 그녀의 집에 도착했을 때 우리는 먼지를 흠뻑 덮어썼다.

그녀의 집은 대저택이었다.

정문에서 안채까지 가는 동안 테니스 코트를 지났고 작은 연못도 있었다. 연못에는 연꽃이 피어 있었고 그 아래로 잉어들이 노니는 것이 보였다. 좀 더 안으로 들어가니 수영장과 잔디 마당을 배경으로 한 집이 나왔다. 정원 구석에서 한 남자가 나왔다. 조그마한 남자가 공손한 미소를 머금고 우리를 향해 왔다.

"그 남자예요. 내 남자."

두리안이 살짝 귀띔했다. 저 남자에 대해서 뭐라고 했던가? 청춘 시절 그녀를 쾌락으로 미치게 만들었던 그 장본인이라니 믿어지지 않았다. 그저 정원사 같은, 식물성 사람이었다. 작고 왜소한, 볼품없는 외모의 남자였다. 게다가 그는 믿을 만한 집사처럼 행동했다. 소달구지가 신고 온 침대를 정원 한편에 놓았다. 그러더니 무릎을 꿇고 침대 위의 먼지를 깨끗이 닦았다. 개 한 마리가 졸졸 따라다니며 꼬리를 흔들어 대고 폴짝폴짝 뛰어올랐다. 오직 그 남자에게만. 우리는 본 척도 하지 않았다. 남자는 걸레질을 하다가 멈추고 개를 쓰다듬어 주었다. 아주 다정한 손길이었다. 저 손, 그러니까 개를 쓰다듬는 그 남자의 손은 좀 특별해 보였다. 다정다감하면서도 육감적인 손길이었다. 이 나라의 흔해빠진 똥개를 데리고 뒹굴고 쓰다듬고 또 뒹굴고 쓰다듬고, 개와 인간이라기보다 사랑에 빠진 연인들처럼 보였다.

"집이 좋죠? 우연히 이쪽 동네를 지나다가 보게 되었는데 저이가 좋아했

어요. 세도 별로 비싸지 않았고. 처음엔 정원이 엉망이었는데 저이가 이렇
게 만들었어요. 연못에 연꽃이랑 잉어들, 저 나무 아래 꽃들, 전부 저 남자
가 심고 가꿨어요. 그런데 알고 보니 이 집에 귀신이 산다고 하더라고요. 프
랑스 귀신도 살고 이 나라 귀신도 살고, 우글우글하대요. 그래서 아무도 살
지 않았다나요. 벌써 몇 년째. 덕분에 우리가 아주 싸게, 거의 공짜로 세를
얻었어요. 1960년대 처음 이 집을 짓고 살았던 프랑스 여자가 자살했대요.
미쳐서…… 귀부인께서 이 동네 청년에게 푹 빠져서…… 이곳에서 멀지 않
은 고무나무 숲에서 권총 자살했대요. 그다음에 살게 된 사람도 프랑스 사
람인데 그들도 사랑 때문에 미쳐서 죽었대요. 술 마시고 저 수영장에 빠져
서……. 그다음엔 근처에 소문이 나서 아무도 이 집에서 살지 않았대요. 그
런데 이 나라 왕족의 가족 중 외국에서 살다 온 여자가 있었는데, 그 여자의
애인이……."

"당신 귀신 이야기 그만 해요."

남자가 와서 말했다. 듣기 좋은 저음의 다정한 목소리였다. 그는 물에 적
신 따뜻한 수건을 나에게 주었다. 그리고 두리안에게는 직접 닦아 주었다.
물수건으로 얼굴을 닦고 목을 닦고 팔과 손을 닦아 주었다. 나는 물수건에
얼굴을 묻었다. 따뜻한 레몬그라스 차에 적신 수건이었다.

"너무 무서워요. 사랑에 빠지면 죽는다는 거잖아요."

"사실 난 별 걱정 안 해요. 나 말고 저 개가 미쳐서 죽게 될지 몰라요."

개가 멀찍이서 우리를 보았다. 왠지 슬퍼 보이는 눈길이었다. 개가 저런 눈길을 하다니 기분 나빴다. 호화로운 저택 위로 노을이 지고 있었다. 하늘에서 내려온 붉은 노을이 잔디를 덮고 집들을 덮으며 다가왔다. 도둑처럼 살며시 다가오는 붉은 공기를 향해 개가 짖어 댔다. 바람 한 점 없었다. 붉게 물든 두리안의 얼굴이 불안하게 흔들렸다. 그녀는 맨발로 잔디밭을 걸어갔다. 황혼이 또 그녀를 미치게 하는 것 같았다. 그 뒤로 남자가 따라갔다. 비극 영화의 마지막 장면 같은 풍경이었다. 축축한 더위와 오렌지 빛깔 노을로 꽉 차 있었지만 텅 빈 것처럼 공허했다. 노을을 향해 걸어가는 그녀는 불을 향해 뛰어드는 나방, 이 세상에 혼자인 것처럼 외로워 보였다. 그녀는 잔디 위에 누웠다. 남자가 다가가 그녀의 머리카락을 쓸어 주었다. 그녀는 갑자기 벌떡 일어나더니 남자의 뺨을 찰싹 소리 나게 때렸다. 개가 짖어 댔다. 황혼이 사라질 때까지 계속 짖어 댔다.

일하는 할머니가 정원 구석으로 가서 향을 피우고 절을 했다. 그리고 쟁반에 두리안과 망고스틴을 담아 왔다. 할머니는 장갑도 끼지 않고 가시투성이 덩어리를 잡고 커다란 식칼로 두리안을 세로로 쪼갰다. 껍질을 쪼개 벌리며 할머니는 고개를 절레절레 흔들었다. 아주 향기롭다는 뜻이었다. 남자가 두리안의 어깨를 안고 함께 와서 앉았다. 어느새 황혼이 사라지고 그녀의 들끓던 피도 잠잠해진 것 같았다.

어둠이 내리고 수영장에 불이 켜지자 대저택은 쓸쓸한 기운이 감돌았

두리안의 경우,

조금은 로맨틱하고 서글픈 열대 호텔에서의 나날들

다. 이제 사랑에 빠졌고 그것을 이루지 못해 승천하지 못한 귀신들이 돌아
다닐 시간이 온 것이다.

"두리안을 먹을 때는 꼭 망고스틴을 곁들여서 먹어야 한다고 합니다."

남자가 망고스틴 껍질을 까서 우리 앞으로 내밀며 말했다.

"두리안은 그 성질이 뜨거워 많이 먹으면 몸에 열이 난답니다. 망고스틴
은 열을 내리는 과일이니 이것을 곁들여 먹어야 둘의 궁합이 꼭 맞습니다.
그래서 두리안은 과일의 왕이라 불리고 망고스틴은 과일의 여왕이죠. 왕과
여왕, 언제나 함께 해야죠."

왕과 여왕이라니, 멋지군요. 그러니까 저 남자, 나의 왕을 다시 찾아내는
데 3년이 걸렸어요. 사라졌더라고요, 완전히. 현 주소지에 살고 있지 않았어
요. 어쩌면 죽어 버렸을까, 사망신고도 되어 있지 않았어요. 그렇지만 거의
실종 상태였어요. 요양원 철장 안에 갇혀 있을 수도 있다고 생각했어요. 형
제원 같은 부랑자 복지원에 있을 수도 있고, 염전에 붙박여 있을 수도 있고,
새우잡이 배를 탔을 가능성도 있죠. 정말이지 아무도 그 남자 소식을 모르
더군요. 그 시절 우리가 함께 만났던 사람들 누구와도 연락을 하지 않고 지
냈어요.

혹시 나라 밖으로 가버렸을까 조사해 봤지만 출국 흔적은 없었어요. 경

찰이고 검찰이고 되는대로 다 뒤져 보았지만 아무도 찾아내지 못하더라고요. 사실 그 남자는 무능력한 남자였어요. 생활면에서. 세상이라는 파도를 헤쳐 나갈 수 있는 남자가 아니었어요. 성취욕도 투쟁력도 없는 사람이었죠. 강인하지 않았어요. 의지력도 약했어요. 사교성도 없었어요. 고통을 인내하는 것도 싫어했어요. 그저 익살스럽고 부드러운 아이였어요. 이 아이 앞에 세상은 너무 단단하고 질겼어요. 말하자면 그는 열대 과일 같은 남자였어요. 엄지와 검지로 눌리면 그대로 으깨져 버리는. 그렇지만 누가 알겠어요. 그 과일 안에 그렇게 부드럽고 향긋한 즙이 있다는 것을. 그래요, 나만이 그것을 알고 있었어요. 나는 그 남자가 품고 있는 그 부드러운 즙 맛에 반했던 거죠. 그 맛을 잊을 수 없었던 거죠.

이 남자와 결혼해서 살 수도 있었겠죠. 그야말로 두리안과 망고스틴처럼 평화롭게 살았겠죠. 그를 원 없이, 싫증 날 때까지 품고 살았겠죠. 실컷 사랑하지 못한 한이 남아 있었어요. 인생이 그렇게 길지도 않은데 왜 그 남자를 그리워만 하고 살아야 하는지 화가 났어요. 그 남자 없이 살아온 인생이 허송세월이었다는 생각이 들었어요. 그 남자 없이는 행복하지 않다. 인생은 하루살이다. 원하는 사람과 살아야 한다. 깃발이 펄럭였어요. 갑자기 처음 사랑을 할 때처럼 마음이 불탔어요. 너무나 강렬하게 그가 보고 싶었어요. 만지고 싶었어요. 결국 심부름센터라는 수상쩍은 곳에 갔어요. 돈을 정말 많이 지불했죠. 그 사람들, 열흘 만에 내 남자가 있는 곳을 알아냈어요.

아파트 경비가 와서 주차장에 손님이 기다린다고 알려 왔다. 두리안이었다. 그녀는 지프차를 타고 직접 운전대를 잡고 있었다. 마가리타를 마시러 가자고 했다. 이른 아침이었지만 그냥 따라 나섰다. 그녀의 운전 솜씨는 대단했다. 나는 옆에 붙은 손잡이를 두 손으로 꽉 쥐었다. 그녀의 가슴속에 또 무엇인가 확확 타고 있었다. 망고스틴의 조그마한 차가움으로는 도저히 잠재울 수 없는 뜨거운 깃발이 날리고 있었다. 시내를 벗어나자 자동차는 더 거칠게 돌진했다. 이러다 물소 두어 마리는 깔아뭉갤 것 같은 기세였다.

나는 아무것도 묻지 않았다. 잠도 덜 깬 상태였다. 멍하니 창밖으로 흘러가는 것들을 구경하다가 졸았다. 눈을 뜨니 물이 가득한 논이 보였다. 그녀는 계속 앞으로 돌진하고 있었다. 나는 다시 손잡이를 꽉 잡고 있다가 졸았다. 눈을 뜨니 연꽃들이 끝없이 핀 웅덩이였고 다시 눈을 뜨니 아이들이 물소를 몰고 가고 있었다. 들판은 온통 초록으로 촉촉해 보였다. 대체 몇 시간을 달렸을까. 자동차는 초록 들판 한가운데 있는 호텔 앞에 멈추었다. 이 나라 왕궁 스타일로 지은 호텔이었다. 보이는 것이라곤 팜나무밖에 없는 벌판에 우아하게 하늘로 치솟은 호텔 지붕과 두꺼운 기둥들은 몹시 비현실적이었다. 저 문을 열고 들어가는 순간 이 세상과는 완전히 단절된 다른 세계, 평균 수명 삼백 살인 사람들이 사는 평화의 마을, 샹그릴라가 있을 것만 같았다. 들판 어디고 사람이라곤 보이지 않았다.

우리는 질퍽한 논길을 걸어 멀리 보이는 숲 속으로 들어갔다. 물 쏟아지는 소리를 따라가니 폭포가 있었다. 물이 무섭게 쏟아졌다. 여자 원반던지기 선수는 아무것도 두렵지 않다는 듯 폭포 아래로 들어가서 물을 맞았다. 그리고 고대 절이 있는 산을 향해 걸어갔다. 첫 번째 절문에 도착했을 때 그녀의 젖었던 옷이 다 말랐다. 한쪽 기둥에만 의지해서 반쯤 무너진 절문 위에 깃발이 펄럭이고 있었다.

보이는 모든 것이 늙어 버린 장소였다. 산도 늙었고 바닥에 깔린 돌들도 둘리고 닳아서 늙었고 길 옆에 세워진 기둥도 닳아서 형체를 알 수 없거나 쓰러졌거나 쓰러지고 있는 중이었다. 자세히 보니 그 기둥들은 남자 성기였다. 성기가 뭐라고 저렇게들 좋아해서 깎아 세우고 만지고 보고 하는지, 우리는 바보같이 도열한 성기들을 만져 보고 두드리며 좀 웃었다.

바닥에 깔린 돌들은 어쩌나 으스러졌는지 구백 살 된 외할머니의 등뼈를 밟으며 걸어가는 것만 같았다. 다 무너졌지만 포근한 길이었다. 두 번째 절문을 통과하자 갑자기 절 안에 들어와 버렸다. 정말이지 모든 것이 폭삭 늙어 버린 공간이었다. 무너져 가며 겨우 서로 기대고 있는 절들은 옹기종기 앉아 있는 꼬부랑 외할머니의 친구들 같았다. 그녀들 위 하늘도 늙어 보였고, 풀 위에 부는 바람조차 힘없이 살살 날리고 있었다. 저 돌들은 이 순간에도 어디선가 작게 균열을 일으키며 조금씩 무너져 가고 있을 것이다. 세상의 모든 것은 사라지고 그렇기 때문에 아름답다는 것을 천년을 통해 보여 주고 있는 풍경이었다. 인내심 깊고 조용한 돌들 사이로 개 한 마리가 나타나 어슬렁거리며 우리 쪽으로 다가왔다. 두리안의 남자의 개와 퍽이나 닮은 개였다. 오른쪽 귀에 까만색 점이 있는 것까지.

"이 나라 개들은 죄다 닮았어요."

나의 말에 두리안이 의미 있게 웃었다.

"쟨 내 남자 개의 어미예요."

"아아, 그러니까."

"우린 이 절에서 처음으로 재회했어요. 내가 그렇게 요구했어요. 여긴 조용하니까요. 저 돌담 아래 그 남자가 저 개랑 일곱 마리 새끼들이랑 놀고 있더군요. 난 첫눈에 그를 알아봤어요. 그 남자도 날 알아봤죠. 아무 말도 않고 그냥 개들하고 놀더라고요. 떠돌이 개였어요. 내가 먼저 그 남자에게로 갔죠. 꼭 이런 날이었어요. 바람이 조금 불고 조용했죠. 개를 쓰다듬고 있는 그 옆에 쪼그려 앉았죠. 그 남자, 아무 말도 하지 않더군요. 나도 손을 뻗어 개를 쓰다듬었죠. 젖이 축축 늘어진 늙은 어미 개였어요. 우리 두 사람 손이 개의 등에서 만났어요. 그의 손, 거친 노동을 하며 그냥 그 떠돌이 개처럼 살았다는 것을 금방 알게 해주었어요. 우리는 가만히 개털을 만지다가 일어섰어요. 그리고 저 아래 호텔로 갔어요. 그래요, 그러니까 우리도 그만 내려가요."

허허벌판에 있는 그 호텔은 손님이라고는 한 명도 없었다. 그런데 일하는 사람들은 스무 명이 넘어 보였다. 모든 것이 비현실적인 느낌이 드는 호텔이었다. 다들 요술램프에서 나온 하인들처럼 부드러운 미소를 지으며 바쁘게 오고 갔다. 우리는 이층 로비에 앉아 마가리타를 마셨다. 세 잔째 주문을 하자 바텐더와 요리사가 모두 우리에게 와서 인사를 했다. 다른 모든 시중 드는 아이들도 모두 우리를 둘러쌌다. 무엇이든 명령만 내리기를 기다리는 상냥한 태도들이었다. 다섯 잔째 술잔을 비웠을 때 두리안은 챙이 넓은 분홍색 꽃무늬 모자를 썼다. 듬직한 체구에 어울리지 않는 여성스러운 모자인데도 그 순간에는 너무 잘 어울렸다. 사랑에 빠진 여자의 얼굴이었다.

"그 남자를 다시 찾아야겠다고 생각한 것은 여기서 먼 고대 절에서였어요. 초등 동창생들이랑 여행 왔을 때였죠. 고대 돌무더기들 사이를 돌아다니다 호텔로 돌아왔을 때였어요. 다들 더위에 지쳐 호텔 수영장에 누워 있었죠. 그런 호사스러운 휴식이 우리에게는 무척 어색했어요. 그때 이렇게 노을이 지더군요. 풀벌레 소리 같은 건 없었어요. 도마뱀이 울었죠. 그 소리 들어 봤죠? 짝을 찾는 소리라고 하더군요. 정말 이상한 기분이 들었어요. 우리는 아무 말도 하지 않았어요. 노을이 수영장 물을 건너 나에게 왔을 때 손가락 끝의 세포가 깨어나는 것을 느꼈어요. 노을을 처음 보는 것도 아닌데, 이곳의 노을은 특별했어요. 몸이 나른해지면서 슬픔이 복받쳐 올랐어요. 목덜미에 무엇인가가 느껴졌어요. 잡으려고 하니까 아무것도 없었어요. 목덜미를 타고 내려온 노을은 내 온몸으로 내려오면서 황홀하게 나를 감쌌죠. 그래요, 바로 누군가의 손길이었어요. 붉은 열대의 공기는 내 몸을 어루

만지던 어떤 남자의 손길을 떠올리게 했어요. 이곳 공기 속에는 본능을 일깨우는 무엇인가가 있어요. 맥박이 조금씩 빨라지고 가슴이 두근거렸어요. 입술이 벌어졌죠. 그래요, 노을이 사라졌을 때 내 허벅지 속이 푹 젖어 있었어요. 그때 마침 마가리타가 왔어요. 나는 한 모금 마셨죠. 그동안 봉인되었던 내 욕망이 깨어나는 순간이었어요."

그녀는 많이 마셨고 많이 말했다. 그리고 많이 웃었다. 그러더니 끝에는 울고 말았다. 그리고 이렇게 말했다.

"그런데 사실 지금 내가 너무 보고 싶은 얼굴은 아들이에요. 못 본 지 너무 오래되었어요. 내 사랑스러운 아들녀석을 꼭 안고 싶어요. 이렇게 미쳐버린 나를 어쩌면 좋죠."

수영장에 한 낯선 남자가 나타났다. 그는 외모부터 우리를 긴장시켰다. 감색 양복저고리에 하얀 와이셔츠, 감색 바지를 입었다. 반짝거리는 구두까지 완벽하게 갖춘 신사였다. 그는 수영장에 전혀 어울리지 않는 복장을 하고 맥주를 마시고 있었다. 땀을 뻘뻘 흘리면서. 목덜미와 겨드랑이에서 흐른 땀으로 흰 와이셔츠가 흠뻑 젖어 버렸다. 두리안은 그로부터 의자 두 개 너머에 앉아 있었다. 그녀는 눈을 감고 있었다. 두 사람은 서로 말을 주고받지 않았지만 어떤 사이인지 대번에 알 수 있었다. 남자는 쩌를 듯이 그녀를 보면서 술을 마셨다. 남자가 조금씩 취해 가는 것을 볼 수 있었다. 맥주 시키는 속도가 점점 빨라졌고 5분마다 여보, 하고 큰 소리로 두리안을 불렀다. 그녀는 눈을 뜨지는 않았지만 눈꺼풀이 파르르 떨렸다. 여보, 당신 꿀 먹었어? 여보, 당신 더위 먹었어? 그래, 이렇게 더운데 더위 먹지 않으면 그 새끼도 미친 새끼지. 여보, 당신 여기서 뭐하는 거야? 여보, 당신 그런다고 달라지지 않아. 여보, 당신……. 망고 아저씨가 힐끗 달팽이 눈꺼풀을 들어 남자를 본 뒤 나에게 눈길을 보냈다. 츠츠……. 그는 혀를 차고 다시 눈꺼풀을 덮었다.

"저기 얘기 좀 해도 되겠습니까?"

이윽고 남자가 내게로 왔다. 불그스레한 얼굴이 억울함으로 터질 것 같은, 그 역시 가슴속에 깃발이 펄펄 날리고 있었다.

"그러니까 제가 저 여자의 남편입니다."

그렇게 소개하지 않아도 이미 알고 있었다.

"그러니까 저 여자가 내 집사람입니다. 우리 사이에 아들이 둘이나 있어요. 그런데 지금 여기서 뭘 하고 있는 거죠? 저 여자랑 살고 있는 남자는 이미 봤겠죠? 부랑자였어요. 그런 얼간이랑 살려고 우리 멀쩡한 세 남자를 버렸어요. 그 호색한하고 호텔을 전전하려고 조상대대로 내려오는 전답을 다 팔아서 여기에 왔답니다. 간 큰 여자죠. 그래요, 내가 미친놈입니다. 그런 여자를 찾으러 여기까지 왔으니까요. 글쎄요, 절대 가지 않겠다고 하네요. 적반하장이죠. 자기가 저 남자를 먹여 살리겠다는 건가요? 그럼 이제 또 무엇을 더 팔아서 오려는 걸까요?"

남자는 이제 완전히 취해 버렸다. 어느새 두리안은 사라지고 없었다. 남자는 계속해서 맥주를 마시고 또 마셨다. 그리고 울분을 토해 냈다.

"대체 여긴 마음에 드는 게 하나도 없어요. 그중에 제일 싫은 건 저 태양, 이글이글 불타며 내 머리를 찍어 누르는 저 태양, 뇌를 마비시키는 저 열기…… 왜 우리가 이런 데까지 와야 하는 거죠? 왜 이렇게 더운 데를 와서……."

그는 태양을 삿대질하며 비틀거리며 나아갔다. 그러고는 자연스럽게 수영장 물속으로 발을 헛디디며 빠져 버렸다. 그는 허우적거렸고 죽어 버릴 것 같은 소리를 냈다. 망고 아저씨가 무거운 몸을 던져 그를 건져 냈다. 남자는 눈물 콧물 수영장 물이 범벅이 되어 헉헉거리더니 갑자기 술이 다 깬 멀쩡한 얼굴로 이렇게 말했다.

"그래도 저 여자가 없으면 못 살 것 같으니 나는 어쩌면 좋아요."

두리안이 다시 지프차를 몰고 왔다. 산으로 피서를 가자고 했다. 차에 타니까 뒤쪽 자리에 두 남자가 앉아 있었다. 젊은 시절 뼈와 살을 불태웠던 그 남자와 그의 개, 그리고 그녀 두 아들의 아빠. 시내를 벗어나자 지프차는 거칠게 돌진하기 시작했다. 도로는 좁았고 매번 장애물이 나타났다. 물소가 서 있거나, 무지하게 큰 트럭이 정면에서 달려오거나, 모토가 튀어나오거나. 두리안은 무섭게 에스자를 그으며 그것들을 피해 나아갔다. 그때마다 뒤에 앉은 남자들은 왼쪽으로 와르르 밀렸다가 오른쪽으로 와르르 사이좋게 밀리며 서로의 온몸을 밀착시켰다. 뒤의 두 사람은 아무 말도 하지 않았고 앞의 우리도 아무 말도 하지 않았다. 개도 침묵을 지켰다.

"저 위에 올라가면 여기보다 5도가 낮아요."

산으로 올라가는 입구에서 두리안이 말했다.

"5도 낮은 시원한 데로 가면 머리도 정상적인 생각을 할 수 있겠군, 그럼."

남편이 살짝 꼬면서 말했다. 지프차는 거칠게 산꼭대기를 향해 갔다. 위로 올라갈수록 기온이 급격히 떨어졌다. 안개가 짙어지더니 한 치 앞이 보이지 않았다. 그러다가 바람이 불어 안개를 몰아내고 문득 산이 보였다가 사라졌다. 초자연적인 풍경이었다. 두리안은 꼬부랑길을 거침없이 돌진했다. 어쩌면 우리 모두 안개와 밀림이 뒤섞인 어딘가에 처박힐 것만 같았다. 산꼭대기에 이른 것 같았다. 비안개였다. 자동차에서 내려 돌아보니 자동차가 보이지 않았다. 아무것도 보이지 않았다. 나는 어둠을 헤치듯이 두 손을 휘저으며 앞으로 나아갔다. 갑자기 산꼭대기가 말끔해지면서 건물이 드러났다.

가장 높은 꼭대기, 가장 바람이 많이 부는 곳에 인상적인 건물이 하나 우뚝 서 있었다. 식민지 시대 프랑스 사람이 했던 호텔이라고 했다. 그러나 이곳에서 마가리타를 마실 수는 없을 것 같았다. 가까이 가니 폐가였다. 창문들은 다 깨어져 사라졌고 건물의 외벽들은 검거나 붉은 곰팡이로 덮여 있었다. 그렇지만 여전히 아름다운 건물이었다. 거실에는 벽난로까지 있었다. 그 옛날 더위를 피해 이 산꼭대기에 올라와 벽난로를 피워 놓고 그 앞에서 코냑을 마시며 시가를 피웠을 프랑스 사람들의 호사스러운 나날들을 떠올리게 했다. 다 사라진 사람들이었다.

그런데 여긴 눈도 내리겠어요…… 프프프, 뚫린 창으로 또다시 광폭한 바람이 불어닥쳐 두리안 남편의 뒷말을 들을 수 없었다. 두꺼운 안개가 덮쳐 그의 모습마저 지워 버렸다. 비가 왔는지 호텔 안은 물이 차서 옅은 강처럼 찰싹거렸다. 이곳에도 사랑을 이루지 못해 떠도는, 승천하지 못한 귀신들이 가득할 것 같았다. 고개를 돌릴 때마다 이상하게 서늘한 기온이 목을 스쳐 소름이 돋았다.

갑자기 사람들이 보이지 않았다. 위쪽으로 가는 계단을 올라갔다. 바닥과 난간 벽, 모든 것이 축축하고 천장에서 물이 뚝뚝 떨어졌다. 계단은 미로처럼 이어졌고 어디선가 향 냄새가 났다. 갑자기 한 묶음의 바나나가 눈앞에 보였다. 뚫린 창턱에 누군가가 바나나 한 묶음을 놓고 그 속에 향을 꽂아 피워 놓았다. 누가 저기에 향을 피우고 절을 했을까? 둘러보았보지만 아무도 없었다.

왼쪽으로 가니 조그만 거실이 나오고 오른쪽으로 가니 테라스가 나왔다. 비안개만 자욱했다. 다들 어디로 갔는지, 나는 소리를 질렀다. 개 짖는 소리가 났다. 그들은 바로 저 앞에 있었다. 두리안과 남편, 옛 애인과 개, 그들은 테라스 한쪽에 모두 함께 서 있었다. 무슨 말인가를 하는 것 같았지만 안개가 다 먹어 버렸다. 두리안의 남편이 담배를 피웠다. 그 담배가 옛 애인의 손으로 넘어갔다. 거기까지, 또 안개가 그들을 덮어 버렸다. 안개에는 비가 섞여 있었다. 얼굴과 머리카락이 축축하게 젖었다. 짭짤한 것이 바닷바람이었다. 아, 바다가 보였다. 안개가 갑자기 걷혔다. 거짓말처럼 말끔한 풍경이 나타났다. 테라스 앞은 낭떠러지였고 멀리 바다가 보였다. 어디선가 새가 우는 소리가 들려왔다. 금속성 쇳소리의 끔찍한 신음 소리처럼 들렸다. 마음속의 슬픔을 쥐어짜는 소리였다. 누구라도 한 번 이 소리를 듣게 되면 절대 잊지 못할 날카롭고 강렬한, 신비스러운 소리였다.

갑자기 사람들이 다 사라지고 없었다. 나 혼자 테라스에 남아 있었다. 나는 수건을 꺼내 얼굴을 닦았다. 다시 짙은 안개가 모든 것을 먹어 버렸다. 아무것도 보이지 않았다. 바람이 불었고 수건이 안개와 함께 날아가 버렸다. 나는 왠지 미칠 것처럼 슬픈 마음에 사로잡혀 꼼짝도 할 수 없었다. 개가 내 옆에 있더니 사라져 버렸다. 빨리 집으로 돌아가고 싶었다.

계단이 특이한 호텔이었다. 동그랗게 꼬이며 올라가다 살짝 옆으로 비틀어졌다가 느닷없이 끝나 버렸다. 길을 잃은 것 같았다. 이리 봐도 창문, 저리 봐도 창문, 밖에는 두꺼운 비안개, 이 복도를 따라가니 방이 나오고 저쪽 문으로 가니 거실이 나왔다. 바닥에는 물이 찰박거렸고 방 안에는 안개만 가득했다. 나는 호텔 안에서 길을 잃어버렸다. 하얀 가발을 쓴 식민지 귀신이 나올 것 같았다. 누군가 내 발을 확 잡아당기는 것 같았다. 나는 미끄러져 무릎을 다쳤다. 피가 났다. 더듬거리며 내려오니 두리안의 남편이 창가에 혼자 서 있는 것이 보였다. 다른 사람들은 어디에⋯⋯. 그가 말했지만 또다시 바람과 안개가 그의 목소리와 모습을 삼켜 버렸다.

가까이 가니 그는 보이지 않고 갑자기 두리안이 내 앞에 나타났다. 물에 빠진 것처럼 머리카락과 옷이 축축하게 젖어 물이 뚝뚝 떨어지고 있었다. 귀신 같은 모습이었다. 그녀는 내게 무슨 말인가를 했다. 그 남자가 나를 사랑하지 않았더라면 좋았을 것을, 뒷말을 들을 수 없었다. 그랬다면 나도 그를 사랑하지 않았을 텐데, 이런 말이었던가. 아까 그 찢어지는 듯한 새의 비명 소리가 들렸다. 그녀는 울고 있었다. 그러나 눈물을 흘리지는 않았다. 위에서 개가 짖는 소리가 들렸다. 그녀는 빨리 돌아가고 싶다고 말했다. 그녀 뒤로 남편이 나타났다.

잠깐 안개가 걷힌 틈을 타 나는 남자를 부르기 위해 다시 계단을 올라갔다. 뛰듯이 올라가니 테라스에서 남자가 개와 함께 놀고 있었다. 바람이 남자의 머리카락과 개의 털을 거칠게 날렸다. 내려와아아아⋯⋯. 저 아래서

두리안이 옥상 테라스를 향해 손을 흔들며 이렇게 소리쳤다. 나는 남자에게 내려가자고 했다. 멀리 보이는 낭떠러지와 바다 풍광은 아름다웠지만 왠지 등골이 시렸다.

"먼저 내려가세요."

남자가 나에게 말했다.

"지금 내려오라고 하는데요?"

"난 여기 그냥 남겠다고 전해 주세요."

그가 이렇게 말했다. 그리고 더 이상 아무 말도 하지 않았다. 내 존재는 잊어버린 것처럼 개를 쓰다듬기만 했다. 다정하고 편안한 손길로. 개는 발라당 배를 까고 행복한 소리를 냈다. 나는 돌아서 내려왔다. 정말이지 프랑스 스타일의 계단은 마음에 들지 않았다. 계단이 너무 꼬이고 장식적이며 좁았다.

"그러니까 저분은 여기에 남겠다고 전해 달라는데요."

내가 말했다. 두리안과 남편의 머리카락이 같은 방향으로 깃발처럼 세차게 날렸다. 그 말의 의미를 깨달은 듯 두리안이 먼저 돌아섰다. 그녀는 지프차에 시동을 걸었다. 남편과 내가 타기 무섭게 액셀러레이터를 밟고 아래를 향해 돌진했다. 한마디도 하지 않았고 돌아보지도 않았다.

그날 이후 수영장에서 두리안을 볼 수 없었다. 물론 열대 호텔 어디에서도 마가리타! 외치는 그녀를 다시 볼 수는 없었다. 십중팔구 그녀는 건전한

남편과 아들이 있는 사계절의 나라로 돌아갔을 것이다. 그런 뒤 내가 생각
하는 것은 두 가지였다. 열에 들뜨면 몸을 식히기 위해 먹던 망고스틴 대신
그녀가 선택한 사계절의 과일은 무엇일까, 하는 것. 그리고 두 번째는 그 남
자와 개는 어디서 무엇을 하며 어떻게 지낼까, 하는 것이다. 모르긴 해도 이
렇게 해서 또 한 사람의 열대 부랑자가 생겼다는 것만은 분명했다.

불꽃씨의 경우,

모든 길에 벌레들의 이름을 붙여 준 열대의 나날들

● 그는 건기가 끝나 갈 즈음에 왔다. 땅은 바싹 말라 있었고 들판 어디에도 물 한 방울 보이지 않았다. 온 도시의 지붕과 벽과 대문 들은 먼지가 쌓여 빨갛게 변해 있었다. 바람이 불 때마다 쌓인 먼지들이 도시의 하늘을 휘감았다. 거친 회오리바람에 전갈이나 불개미 같은 것들이 날려 와 사람들의 옷에 붙기도 했다. 건기의 먼지가 붙어 버린 옷은 빨아도 깨끗해지지 않고 붉은 물이 들어 버렸다. 수영장도 온통 붉은 먼지로 쌓였다. 종업원들은 맨발로 엎드린 채 물청소를 했다. 레몬그라스 물에 적신 수건으로 파라솔 의자를 닦았지만 향긋한 냄새는 오래가지 못했다. 온통 붉은 먼지들이 퍼석거렸다. 여행객들은 이 계절을 좋아하지 않았다. 그들은 30분을 앉아 있지 못했다. 눈과 머릿속을 파고드는 먼지 때문에 괴로워했다.

그 먼지 가운데로 그가 왔다. 그는 뭐랄까, 이상했다. 여행객처럼 보이지도 않았고 이곳에 사는 사람처럼 보이지도 않았다. 아주 먼 곳에서 백 년은 걸어서 온 사람처럼 보였다. 머리에서 발끝까지 빨간 먼지를 덮어쓰고 있었다. 땅속에서 나온 것 같기도 하고 하늘에서 떨어진 것 같기도 했다. 역시 그는 먼 곳에서 왔다. 아이슬란드라고 했다. 그런 곳에서 왔다니 우주 밖에서 날아온 운석처럼 신비로웠다.

"거긴 진짜 얼음에 덮여 있어요?"

나의 질문에 그가 공책에 지도를 그려서 아이슬란드가 있는 곳을 표시해 보였다. 핀란드 바닷가 그 너머에 있는 섬이었다. 그런 곳에도 나라가 있

고, 고기잡이를 하고, 소를 키우며 빵을 먹고 사는 사람이 있다니, 내 머릿
속에 입력된 적이 없는 땅이었다. 그는 자기가 온 땅에 대해서 좀 더 설명을
해주었다. 느리고 부드러운, 노래를 하는 것 같은 목소리였다.

"아이슬란드는 땅이 부글부글 끓고 있는 목성 그 아래에 위치한 행성이
죠. 하늘엔 언제나 눈보라가 치고 그 너머엔 어둡고 광활한 우주가 펼쳐져
있습니다. 1년의 6개월은 밤만 있고 6개월은 낮만 있죠. 어느 캄캄한 겨울
대낮에 술을 마시고 집으로 가다가 빙판에 미끄러져 우주를 헤매게 되었
죠. 9개월간 우주를 떠돌다 이 지구에 떨어진 겁니다. 그러니까 그건 내 인
생의 가장 큰 행운인 거죠."

이렇게 시작하면 그는 많은 이야기를 쏟아 냈다. 안타깝게도 나의 영어
실력이 문제였다. 그가 하는 말의 반도 이해할 수 없었다. 또 다른 문제는
그가 하는 말의 반은 아이슬란드어였다. 그는 영어와 아이슬란드어를 마음
대로 섞어 버렸다. 그의 이야기는 풍성하고 음악과 시를 합친 것처럼 아름
다웠지만 나는 빈곤하게 이해했다. 그러나 어느 날 그의 모든 말을 이해하
는 순간이 찾아왔다. 목성 아래 행성에서 온 그가 범우주적인 마술을 부려
모든 대화를 이해할 수 있게 만들어 버린 것일까. 서로의 언어를 이해하지
못했지만 별 문제 없이 풍성하게 대화를 할 수 있게 되었다. 그는 이렇게 설
명했다.

"죽음을 앞둔 사람은 적어도 스무 개의 언어는 이해할 수 있답니다. 발

한쪽은 이 세계에, 다른 발은 저쪽에 있으니까 반쪽의 언어도 이해할 수 있는 거죠."

왠지 가슴을 쓰리게 하는 말이었다. 솔직히 그의 말을 어디까지 이해를 한 것인지 알 수 없었다. 내가 그의 말을 이해했다는 것은 이해 못한 부분을 나의 상상력으로 채워 넣는다는 뜻이었다. 그러나 자주 나의 머리는 정지되어 버렸고 그러면 그의 말은 한마디도 이해할 수 없었다. 나는 캄캄한 우주를 빙빙 떠도는 아찔한 절망감을 느끼곤 했다. 그의 말은 한마디도 놓치고 싶지 않았다.

그 과일 이름이 용과라니, 마음에 들지 않았다. 그래서 불꽃이라는 새로운 이름을 만들었고 그에게 그 이름을 붙여 주었다. 그는 작게 일렁이는 불꽃이었다. 사실 불꽃이라는 이름과 달리 이 과일 속에는 부드러운 흰 살이 통통하게 들어 있다. 열대 과일 중에 가장 착한 과일이다. 껍질을 벗기는 데도 아무런 수고가 필요 없다. 맛에도 놀라운 특징 같은 건 없다. 선인장 열매인 이 과일은 달지도 새콤하지도 않다. 그러나 그 밋밋한 맛의 풍성함에 탄복하게 되고 만다. 먹고 난 뒤 생각하게 된다. 세상에 이렇게 순한 과일도 있구나. 꼭 부처님의 마음을 먹어 버린 것만 같다. 사소한 짜증이 사라지면서 사람을 착하게 만드는 과일이다.

불꽃씨의 경우,
모든 길에 벌레들의 이름을 붙여 준 열대의 나날들

이 남자 또한 그러했다. 열대 수영장에서 만난 사람들 중에 가장 순한 남자였다. 영혼이 땅보다 하늘에 더 가까워 종이 날개라도 달아 주면 바로 날아가 버릴 것 같은 인상이었다. 큰 키는 구부정했고 수염과 머리카락에 싸여 거의 보이지 않는 눈빛은 연한 초록색이었다. 목소리는 낮았고 움직임도 아주 느렸다. 힘이 없었다. 수영장에서 그가 가장 먼저 관심을 보인 것은 등이 울퉁불퉁한 검은 두꺼비였다.

불꽃씨는 가슴에서 꺼낸 공책에 두꺼비를 그려 넣었다. 그 공책에는 온갖 이상한 종류의 곤충들이 세심하게 그려져 있었다. 열대의 꽃이나 나무, 구름이나 집도 그려져 있었다. 이곳을 돌아다니면서 만난 곤충들을 그린 것이라고 했다. 정말이지 탐나는 공책이었다. 페이지마다 바싹 마른 흙에서 저 하늘의 구름까지, 열대에 떠도는 모든 작은 생명체들을 세심하게 살려 놓았다. 그러나 그 공책은 머지않아 다른 사람의 손으로 넘어가 버렸다. 통탄할 일이었다.

대신 그는 기타를 들고 왔다. 테이프를 덕지덕지 붙인, 줄도 두 개나 끊어져 덜렁거리는 고물이었다. 그들은, 그러니까 불꽃씨와 잭이다. 두 사람은 함께 나타난 그날 이후 언제나 붙어다녔다. 수영 같은 건 하지 않은 지 오래였고 그저 파라솔 아래서 노닥거리다가 돌아갔다. 그들은 기대감을 가지고 끊어진 기타 줄을 새 줄로 바꿔 넣었다. 줄을 바꾼 뒤 불꽃씨는 기타를 안고 성의 없이 통통 몇 가닥 뜯어 보았다. 그 순간 내 귀가 쫑긋이 일어섰다. 그는 기타가 뭔지 아는 남자였다.

"정말이지, 기타리스트였군요!"

잭 또한 알아보고 경탄했다. 당연한 반응이었다. 이곳에서 음악이나 또다른 예술 같은 건 사파이어보다 더 귀한 것이었다. 멀지 않은 옛날에 이곳에도 예술가들이 살았다고 했다. 어떤 비극적인 사건으로 그들은 죄다 몰살되어 버렸다. 예술가들을 잃은 이곳 과일들은 그 아무리 달콤하고 새콤하고 시고 짠 맛으로 사람들의 인생을 황홀하게 하여도 그것을 경탄하고 노래해 줄 이가 어디에도 없었다.

"이 기타는 대체 어디서 주웠어요?"

내가 물었다.

"바꿨어요. 내 공책이랑 바꿨어요."

"그 곤충들을 그린 공책이랑요?"

"네."

"아, 너무해요!"

나는 울고 싶었다. 나에게 주었더라면 저보다 훨씬 근사한 새 기타를 열대는 사줄 수도 있었다. 저런 고물 기타를 얻겠다고 그 소중한 공책을 줘버리다니, 솔직히 말해 그 고물딱지 기타로 그의 머리통을 일곱 번 내리치고 싶은 마음이었다. 그러나 불꽃씨는 이미 그 공책에 대한 생각을 잊어버린 것 같았다. 머리를 갸우뚱 숙이고 기타 줄을 퉁퉁 계속해서 뜯었다. 기타 소리에 뜨거운 열대 공기가 흩어졌다.

"내 나이 열 살 때 아버지가 기타를 사주었죠. 그런데 그다음 날 아버지가 사라졌어요. 대체 아버진 어디로 갔을까요? 집으로 오던 빙판길에 미끄러져서 우주 나락으로 떨어져 버린 것일까요? 아버지는 돌아오지 않았어요. 난 그때부터 기타를 쳤죠. 언젠가 유명한 기타리스트가 되었을 때 아버지가 돌아오리라. 하지만 돌아오지 않았어요. 스무 살이 되었을 때 기타를 그만두었어요. 그리고 처음 만져 봅니다. 이 기타 줄……. 생각해 보니 지금 내가 그때 아버지 나이가 되었네요. 아마도 아버지는 이곳에 있지 않을까요? 아마도 이곳에서 아버지를 만날 수 있지 않을까요? 어쩌면 이 기타가 나를 여기까지 오게 한 것일까요?"

그의 목소리는 기타 소리와 함께 우주 공간의 별들처럼 빙빙 돌아갔다. 그는 기타리스트일 뿐만 아니라 시인이기도 했다. 나는 그의 말을 완전히 이해할 수 있었다. 아니, 솔직히 반도 이해할 수 없었다. 그러나 그의 시는 언어로 듣는 것이 아니었다. 나는 그의 마음속으로 들어갔고 이해할 수 없는 부분은 나의 상상력으로 완벽하게 채웠다. 공백으로 된 그 시의 반을 풀어내는 것은 나의 기쁨이었다.

어떻게 해서 지구라는 이 행성에 오게 되었는지, 그는 먼저 자신의 첫사

불꽃씨의 경우,
모든 길에 벌레들의 이름을 붙여 준 열대의 나날들

랑에 대해서 이야기했다. 그 첫사랑을 만나게 해준 사람은 의사였다. 의사는 이렇게 말했다. '이제 하고 싶은 것을 하십시오.' 그때까지 그는 하고 싶은 것만 하고 살았기 때문에 별 의미가 없는 말이었다. 그는 초등학교 교사였고 자신의 직업을 사랑했다. 흑야의 아침나절 캄캄한 어둠을 뚫고 오는 아이들의 발자국 소리를 사랑했고 백야의 밤, 어머니가 부르는 콧노래를 사랑했다. 집에서 걸어서 10분이면 도착할 수 있는 바다를 사랑했고 거기서 좀 더 걸어가면 나오는 들판을 사랑했고 들판 너머에 있는 끝없는 또 다른 들판과 그 너머에 있는 하늘도 사랑했다.

사람이라곤 하나 없는 마을의 텅 빈 길을 사랑했다. 이쪽으로 가도 텅 빈 채 바람만 불었고 저쪽으로 가도 찬바람만 불었다. 고독한 풍경이었다. 그는 이 고독을 사랑했다. 고독은 그의 인생을 신비롭고 풍요롭게 해주었다. 그는 카페에서 마시는 맥주와 어머니가 끓여 주는 따뜻한 수프를 사랑했다. 그러나 의사가 말했다. 모든 사랑하는 것들을 두고 떠날 준비를 해야 한다고. 빌어먹을, 내가 곧 죽을 것이라는 뜻이잖아. 그는 이렇게 중얼거리며 걸어갔다.

들판을 지나서 바다가 보이는 낭떠러지에 서서 하늘을 보았다. 캄캄했다. 오후 3시였다. 그는 자신의 나이에 비해 해를 본 세월이 무척 짧다는 생각이 들었다. 저 해가 돌아오려면 아직 3개월을 더 기다려야 했고, 죽기 전에 해를 보려면 기다리는 것보다 해가 있는 곳으로 가는 것이 빠르겠다는 생각이 들었다. 이렇게 해서 그는 첫사랑을 만났다. 그 대상은 사람이 아니었다. 일인용 캠핑 장비들이었다. 꼭 한 사람을 위한 코펠과 버너, 컵과 숟가락, 침낭까지 모두가 사랑스러운 일인용 캠핑 세트들이었다. 그것을 만질 때 그는 행복했다. 너무나 사랑스러웠다. 자전거도 구입했다. 접을 수 있는 아주 가벼운 것이었다. 그는 첫사랑 세트가 든 배낭을 메고 자전거를 들고 공항으로 갔다.

그가 도착한 곳은 1년 내내 정확한 시간에 해가 뜨고 정확한 시간에 해가 지는 땅이었다. 아주 가벼운 자전거는 비행기에서 조금도 손상되지 않았다. 그는 비행기에서 내리는 즉시 자전거에 올라탔다. 흠모해 마지않는 사랑의 세트를 등에 짊어지고 달려갔다. 거리는 캄캄했지만 어둠은 그의 유전자에 이미 새겨진 친숙한 물건이었다. 그는 계속해서 달렸다. 밤공기는 포근했고 주변의 아무것도 보이지 않았다. 그는 어디를 달리는지도 모르고 길이 뻗은 곳을 향해 달려갔다. 가볍고 튼튼한 자전거는 어둠을 가르며 거의 새처럼 날아갔다.

땀에 흠뻑 젖어 완전히 지쳤을 때 멈추어 일인용 텐트를 펼쳤다. 원터치 텐트는 아주 손쉽게 작은 방이 되어 그를 받아들였다. 그는 생수를 한 모금 마시고 그대로 잠이 들었다. 눈을 뜨니 날이 밝아 있었다. 눈을 떴을 때 날

이 밝은 게 얼마 만인지. 작은 코펠에 물을 끓였다. 조그만 코펠의 물을 찻잔에 부을 때 일인용 그릇들은 다정한 소리를 냈다. 정말로 사랑스러운 냄비와 그릇, 수저 들이었다. 차가 이렇게 맛있기도 처음이었다. 그는 소중하게 코펠과 찻잔 들을 닦아서 배낭 안에 넣었다. 이 그릇들만 있으면 그의 인생은 한없이 행복할 것 같았다. 이 그릇들을 사용하기 위해 좀 더 오래오래 살고 싶었다. 그는 다시 출발했다. 태양이 이글거리며 그의 등을 내리쬈었지만 기분이 좋았다.

자전거 바퀴가 너무나 사랑스러운 소리를 내며 달렸기 때문에 멈출 생각도 못했다. 그러다 다리에 마비가 와서 풀썩 넘어졌다. 그는 엎드린 채 사랑스러운 일인용 원터치 텐트를 펴고 그 안으로 기어 들어갔다. 엎드려 누운 채 일인용 냄비를 꺼내 수프를 끓였다. 조그만 냄비 안에서 끓고 있는 수프조차 사랑스러웠다. 그의 사랑은 점점 더 깊어졌다. 그것들을 바라보고 찬탄하고 닦고 쓰다듬지 않으면 달렸다. 달리지 않으면 그것들을 꺼내 놓고 요리조리 보고 닦았다.

그러는 동안 그의 몸은 자신도 모르는 사이 아침 6시면 떠오르는 태양과 함께 일어나고 저녁 6시면 사라지는 태양과 함께 잠드는 리듬을 따라가고 있었다. 생애 처음으로 규칙적이고 성실한 태양의 리듬에 맞추어 일어나 달리고 쓰러져 잠들었다. 1주일 즈음이 지났을 때 그는 어둠이 오면 누워서 잠을 청하는 자신을 발견했다.

열흘이 지났을 때 그는 바닷가에 도착했다. 그제야 풍경이란 것이 눈에 들어왔다. 바다였다. 그가 아는 것과 다른 낯선 바다. 이 바다는 짙은 소금 냄새, 그리고 그가 모르는 어떤 냄새들로 가득 차 있었다. 해변에는 움막집들이 늘어서 있었고 그 아래는 해먹들이 수십 개가 걸려 있었다. 그는 카페처럼 보이는 움막으로 들어갔다. 해먹에 누웠던 남자 하나가 와서 잘 아는 친구에게 하듯이 그에게 악수를 청했다. 그리고 몇 마디 영어를 했다. 어디서 왔느냐, 이름이 뭐냐, 몇 살이냐 등. 남자는 담배를 피우고 있었다. 노란색 연기가 모락모락 그를 향해 왔다. 처음 맡아 보는, 참으로 다정한 냄새였다.

이 냄새가 좋아? 담배 좋아해? 너 담배 한 대 피울래? 그런 말을 했다. 그는 남자가 권하는 대로 해먹에 누웠다. 공기 중에 누우니 편안했다. 그리고 남자가 권하는 대로 담배를 피웠다. 연기가 식도를 통과해 폐 속으로 들어갔다가 나올 때 부드러운 풀 냄새가 났다. 아, 이건 정말 좋군. 그는 이렇게 중얼거리며 좀 더 깊이 해먹 속으로 파고들었다. 한 모금 더 빨고 다시 한 모금 더 연기를 빨았다. 두둥실 몸이 가벼워졌다가 묵지근하게 내려앉았다. 이런 상태로 죽음에 갈 수 있다면, 그런 생각을 하면서 잠 속으로 빠져들었다. 깨어났을 때는 밤이었다.

아무도 없었다. 그리고 아무것도 없었다. 그의 모든 짐들, 그의 존재를 증명할 수 있는 신분증조차 없었다. 자전거도, 텐트도, 코펠도, 버너도, 그의 첫사랑 세트가 감쪽같이 사라지고 없었다. 시계를 보니 새벽 3시였다. 그는 일의 심각성을 깨닫지 못했다. 그만큼 행복한 잠을 자고 난 뒤였다. 그는 움막 밖으로 나갔다. 철썩거리며 파도가 치고 있었다. 그는 바다를 향해 갔다. 갑자기 바닥이 지진이 난 것처럼 거칠게 움직였다. 바다게들이 정신없이 도망치고 있었다.

모래밭을 걸어가다가 무엇인가 바닥에 떨어진 것을 발견했다. 그의 공책이었다. 모서리에 낀 펜까지 그대로 끼어 있고 물에 젖지도 않은 채 내던져져 있었다. 배낭 속의 물건들을 뒤지면서 이것만 내버리고 간 것 같았다. 그 도둑놈에게 감사하는 마음이 솟구쳤다. 그는 어둠이 눈에 익숙해질 때까지 기다렸다가 펜을 들었다. 그리고 옆으로 달아나는 바다게를 그리기 시작했다. 어미 게, 아주 작은 아기 게, 청년 게, 참 많기도 했다. 게를 그린 뒤 그는 그 해변에 새로운 이름을 붙여 주었다. 이렇게.

'밤에만 노니는 게들의 해변.'

사람들이 여행을 떠날 때는 어떤 이유들이 있다. 기분 전환을 하기 위해서, 혹은 사랑을 찾기 위해서, 혹은 뭔가를 잊어버리기 위해서. 그는 죽기 위해서였다. 그는 이 땅에서 죽을 것이라는 예감이 들었다. 그렇게 서글프지는 않았다. 할아버지도 죽었고 아버지도 죽었다. 그의 사촌도 폐렴에 걸려 열일곱에 죽었다. 언젠가 엄마도 죽을 것이다. 모두 죽을 것이고 그러면 누군가 존재했다가 사라졌다는 슬픈 기억도 사라진다. 결국엔 평화가 올 것이다.

　그는 바싹 마른 길을 걸어가고 있었다. 이곳은 고향과 너무나 달랐다. 그 어디도 비어 있는 곳이 없었다. 땅뿐만 아니라 공기 속에조차 어떤 열기들로 가득했다. 그의 존재 또한 이 공기의 한 부분을 채우고 있었다. 들판은 마른 풀들로 가득했다. 햇볕이 작열하는 들판을 걸어갈 때면 누군가 옆에 있으면 좋겠다는 생각이 들기도 했다. 이 바싹 마른 들판, 붉은 먼지 옷을 두껍게 껴입은 나무들, 너무나도 낯선 이 풍경들을 누군가에게 보여 주고 싶었다. 세상의 떠돌이처럼 오직 혼자서 이 모든 신비로운 것을 봐야 한다는 것에 좀은 쓸쓸해지기도 했다.

　마른땅 위를 벌레 한 마리가 기어가는 것이 보였다. 그처럼 이 작은 벌레도 혼자 어딘가로 열심히 가고 있었다. 어디서도 본 적이 없는 동그란 벌레는 붉은 땅과 같은 색이었다. 거대한 동물의 시선을 느낀 붉은 벌레는 움직이기를 멈추었다. 녀석은 사태를 파악하고 다음 행동을 계산하는 것처럼 보였다. 화가 난 것처럼 보이기도 했다. 그는 무릎을 꿇고 공책을 꺼냈다. 그리고 붉은 벌레를 그리기 시작했다. 뒷다리가 아주 길었고 끝에는 반짝거리는 초록색 가루가 뿌려진 예쁜 벌레였다. 움직이면 안 돼, 그래, 그대로 조금만 더……! 광활한 우주를 떠도는 수많은 행성 중에 하나인 지구, 이렇게 넓은 지구 위의 어느 한 모퉁이를 기어가고 있는 작은 벌레를 만났다는

것이 그를 감동시켰다. 마지막으로 다리의 털까지 그리고 나자 붉은 벌레
는 천천히 움직여 풀 속으로 사라졌다. 그는 이 길에 새로운 이름을 붙여 주
었다. 이렇게.

'발끝에 초록 가루 뿌려진 붉은 벌레의 오후.'

그리고 다시 걸어갔다. 땡볕에 수건조차 쓰지 않고 흐느적거리며 걸어
가다니 그는 정신 나간 사람처럼 보였다. 더웠지만 어떻게 해야 그것을 피
할 수 있는지 생각이 나지 않았다. 그냥 걸었다. 숲 속으로 들어가면 괜찮았
다. 나무들이 그늘을 만들어 주었다. 그는 뱀의 허물을 발견했다. 초록과 노
랑이 뒤섞인 껍질이었다. 이 옷을 벗어던지고 어딘가 신선한 풀 위로 스르
르 기어갈 반짝반짝 빛나는 뱀을 생각하자 기분이 좋아졌다. 그 또한 그렇
게 허물을 벗어던지고 싶은가? 그건 아니었다. 그는 자신의 육체가 싫지 않
았다. 정이 듬뿍 든 물건이었다. 죽을 때까지 이곳에 살다가 두고 갈 생각이
었다. 그는 공책을 꺼내 뱀의 허물을 그렸다. 너무 길어서 공책이 네 장이나
필요했다.

허물을 그리다 보니 밤이 되었다. 이제 그의 육체는 밤이 오면 수면을 취
하고 싶어 했다. 그는 뱀 허물을 주머니에 넣고 그대로 풀 위로 쓰러졌다.
잠이 오지 않았다. 너무 추웠다! 열대에서 이렇게 추울 수 있다는 것이 믿
어지지 않았다. 시계를 보니 겨우 밤 9시였다. 아침이 되려면 아직 한참 멀
었다. 도무지 잠들 수가 없었다. 그는 일어나 걸어갔다. 바닥에 무엇인가 펼

불꽃씨의 경우,
모든 길에 벌레들의 이름을 붙여 준 열대의 나날들

럭이는 것을 발견했다. 찢어진 비닐이었다. 그는 그것을 주워 온몸에 칭칭 감았다. 그렇게 하고 누우니 살 것 같았다. 이윽고 잠이 들었다. 그러나 다시 깨고 말았다.

여전히 밤이었고 여전히 추웠다. 점점 더 추워지고 있었다. 몸을 구부리고 팔로 다리를 껴안고, 이렇게도 해보고 저렇게도 해보지만 견딜 수가 없었다. 이렇게 추워 보기도 처음이었다. 잠들려고 노력할수록 고통이 심해졌다. 그는 벌떡 일어났다. 기침이 터져 나왔다. 새벽 4시. 그는 걸어갔다. 어디가 어딘지 알 수 없었다. 돌무더기가 보였다. 시커먼 돌들이 수북하게 쌓인 옆에 커다란 구멍이 보였다. 늙은 나무 둥치에 뚫린 구멍이었다. 그는 그 안으로 들어가 웅크렸다. 아, 살았구나! 나무 안은 따스했다. 그는 비몽사몽 잠 속으로 떨어졌다.

깨어나서 보니 그 늙은 나무 발치에 아주 조그만 부처님이 있었다. 그 앞에는 누군가 조금 전까지도 불공을 드리고 간 듯 향이 피워져 연기를 솔솔 피우고 있었다. 이런 시간에 누가 기도를 하고 갔을까. 그는 자기도 모르게 성호를 긋다가 그만두었다. 이곳 사람들처럼 두 손을 이마에 모으고 절을 했다. 그리고 어딘가 필요할 것 같아서 성냥과 초를 주워 뒷주머니에 넣었다. 한 소년이 저쪽에서 오줌을 누다가 그와 눈이 마주쳤다. 소년은 헤죽,

웃으며 도망쳐 버렸다.

소년이 사라진 쪽으로 걸어가 보았다. 돌로 된 거대한 뱀이 숲 속 어딘가를 향해 나아가고 있었다. 등이 갈라졌거나 깨진 뱀이었지만 숲을 지키는 주인처럼 늠름한 자태로 흘러가고 있었다. 그 뱀을 따라 걸어갔더니 그 끝에 호수가 나왔다. 이승과 저승 사이에 있다는 물, 해자처럼 보였다. 이것이 해자라면 이승도 아름답고 물 건너 저승도 평화로울 것이라는 생각이 들었다. 소녀들이 물속에서 빗으로 긴 머리카락을 빗으며 머리를 감고 있었다. 그 옆으로 물소들이 놀고 있었다. 물소 위에는 소년들이 엎드려 누워서 잡담을 하고 있었다. 작은 새들이 날아와 연밥을 쪼아 먹다가 물을 튕기고 올라갔다. 물과 초록의 풀과 하늘이 만난 아름다운 풍경이었다. 그 속에 아이들과 물소들이 놀고 있으니 천국의 한 모퉁이에 온 것만 같았다. 어쩌면 죽어서 이곳에 온 것은 아닐까. 이 세상 것 같지 않은 평화로움이 물 위에서 찰박거렸다.

그는 옷을 입은 채로 물속에 들어갔다. 몸을 씻고 머리를 감았다. 공기보다 더 부드럽고 따스한 물이었다. 그는 연밥을 몇 개 꺾어서 밖으로 나왔다. 물가에 앉아서 연밥 속에 든 연 씨를 꺼내 먹었다. 자신이 한 마리 허약한 새처럼 느껴졌다. 그는 공책을 꺼내 연밥을 그렸다. 연밥 구멍 속에서 벌레 한 마리가 나왔다. 자신의 집이 침해당한 것에 화가 난 것처럼 보였다. 아, 네가 안에 있었구나. 안 돼, 들어가지 마. 그렇게 조금만 더 모습을 보여 줘.

그는 부리나케 연밥과 그 위에 올라온 노르스름하고 통통한 애벌레를 그렸다. 그리고 연밥을 물가에 두었다. 벌레는 여전히 화가 풀리지 않았는지 구멍 속에서 꼼짝도 하지 않았다. 그는 이 호수에도 새로운 이름을 붙여 주었다. 이렇게.

'노르스름한 연밥 벌레가 사는 호수.'

숲 속에서 빈집을 발견했다. 문은 부서졌고 담도 무너져 내렸다. 키 큰 풀들에 뒤덮인 집이었다. 마당에 망고가 떨어져 있었다. 그것을 주워 깨물었더니 달콤한 물이 나와서 쪽쪽 소리 내면서 빨아 먹었다. 부서진 현관문을 지나 안으로 들어가니 첫 번째 벽에 해골과 권총이 그려져 있었다. 글자들도 적혀 있었지만 무슨 뜻인지 알 수 없어서 그것을 그대로 공책에 베껴 그렸다. 발치에 무엇인가 걸려서 보니까 해골과 뼈다귀 들이었다. 누군가, 혹은 무엇인가가 이곳에서 죽었다. 그는 쪼그려 앉아 해골을 그렸다. 지금까지 들판과 숲을 거닐면서 그가 본 것들과는 너무 다른 등골을 서늘하게 하는 어떤 것이었다. 세상의 깊이는 어디까지일까, 이곳에서는 무슨 일이 벌어졌을까, 대체 이 글자들은 무슨 뜻일까. 쪼그려 앉아 비밀의 열쇠를 풀어 보려고 애를 쓰는 동안 어둠이 내려 있었다.

갑자기 피곤해진 그는 그대로 쪼그려 누웠다. 서늘한 기온이 그를 덮쳤다. 팔뚝에 소름이 돋아났다. 집 안에 누군가 있는 것 같은 느낌이 들었다. 주머니에서 성냥을 켜고 안으로 들어가 보았다. 또다시 벽에 그려진 권총과 해골, 그 아래 누군가 피를 흘리며 죽은 것처럼 핏자국이 얼룩져 있었다. 더 이상 안으로 들어가고 싶지는 않았다. 문 앞으로 돌아와 웅크리고 누웠다. 망고나무에서 바람이 불었다. 프프프, 흐흐흐, 마당에서 깨진 창문으로 바람이 불어들면서 이상한 소리로 바뀌었다. 집 안 어디에선가 저벅거리는 소리가 들렸다. 머리카락이 쭈뼛 일어섰다.

그는 일어나 초에 불을 붙였다. 복도 끝 어둠을 향해 걸어갔다. 고요했다. 갑자기 바람조차 멈추었다. 식은땀이 났다. 방이 나왔다. 텅 빈 방, 벽에는 또다시 권총, 해골, 피. 돌아서 다른 곳으로 가니 부엌, 그다음엔 다시 방이 나왔다. 또다시 벽에는 권총, 해골, 피. 방 한쪽에 놓인 장롱의 문이 덜렁거렸다. 저 소리였던가? 그는 갑자기 촛불을 떨어뜨리고 미친 듯이 소리를 지르며 마당을 향해 뛰었다. 장롱 안에 무엇인가가 있었다. 그것의 정체를 알 수 없었지만 획 하고 그를 덮치는 것을 느꼈다. 이윽고 호수를 발견했다. 귀신은 물을 건너서 따라오지는 못하지. 그러나 물은 거의 없었다. 찰박거리며 호수 안으로 들어가니 작은 섬 같은 것이 있었다. 그는 수풀 안에 몸을 숨기고 누웠다.

어쩌면 엘프였을까. 그의 고향 숲에는 엘프들이 살았지만 이렇게 무시무시한 공포를 주는 존재는 아니었다. 죽음의 사자였을까. 그의 머릿속엔

많은 생각이 일어났다. 지금까지 마주친 벌레들에 대해서도 생각했다. 그것들이 왜 그렇게 그의 마음을 끄는지에 대해서 생각해 보았다. 너무 작기 때문인 것 같았다. 너무 작은 데도 아름다웠다. 머리끝에서 발끝까지 완벽한 위엄을 갖추고 있었다. 그는 먼지와 하늘과 햇볕에 대해서도 생각했다. 죽음과 살아 있는 것들에 대해서도. 그리고 어머니를 생각했다. 그리운, 이 순간 그냥 그리운 어머니.

고향의 여자들도 생각했다. 그는 한 번도 연애를 해본 적이 없었다. 마음은 있었지만 용기가 나지 않았다. 마음에 드는 여자가 있었지만 알고 보니 그녀는 사귀는 다른 남자도 아닌, 여자가 있었다. 눈보라 치는 뜨거운 온천에서 수영을 하며 몇 번 그녀를 생각하다 보니 마흔이 넘어 있었다. 그는 어머니와 단둘이 사는 것이 싫지 않았다. 고독했지만 조용한 생활을 좋아했다.

흑야가 계속되는 날이면 술을 마시러 나갔고 어둠 속에서 여자들이 술집으로 오면서 내는 발자국 소리나 웃음소리를 들을 수 있었다. 그것으로 족했다. 그녀들을 만진다거나 결혼을 해야겠다는 생각을 하지 않은 지도 오래되었다. 그녀들은 어둠 속에서 함께 숨 쉬는 따뜻한 생물체였다. 같은 공기를 마시고 웃어 주는 것만으로도 고마운 존재들이었다. 술 잘 마시고 잘 웃고, 빙판에 잘 넘어지는 고향의 키가 큰 여자들을 생각하다가 이윽고 잠 속으로 빠져들었다.

태어나서 이렇게 많이 걸어 보기도 처음이었다. 태어나서 이렇게 많이 배고파 보기도 처음이었고 태어나서 이렇게 땀을 많이 흘려 보기도 처음이었다. 태어나서 이렇게 바깥에서 많이 자보기도 처음이었다. 태어나서 이렇게 목이 말라 보기도 처음이었다. 너무나 목이 말랐지만 그 어디에도 물이 없었다. 모든 것이 햇볕에 타올라 들판은 완전히 말라 있었다. 죽은 풀들뿐이었다. 이곳은 정말 이상했다. 들판이 어떻게 이렇게 완전히 말라 버릴 수 있는지, 모든 것이 죽어 버린 들판이었다. 그는 목이 말랐다. 죽을 것처럼 힘들었다.

소를 발견했다. 반가웠다. 곧 사람 사는 마을이 있다는 뜻이었다. 무엇인가 달콤한 냄새가 나서 따라가니 작은 마을이 나왔다. 한 아낙이 숯불에 부채질을 하며 바나나 잎으로 돌돌 말아 싼 무언가를 굽고 있었다. 그의 입술이 하얗게 타고 있었다. 여자가 일어나 단지 안의 빗물을 떠서 그에게 주었다. 물이 거의 다 말라 가고 있는지 바가지가 독을 긁는 소리를 냈다. 그는 물을 마셨다. 처음으로 물을 마시는 것처럼 맛이 났다. 살 것 같았다. 비로소 숨을 쉬고 있는 느낌이 들었다. 아낙이 숯불에 굽던 무엇인가를 그에게 주었다. 뜨거운 바나나 잎을 풀어 보니 가운데 바나나가 든 흰쌀밥이었다. 얼마 만에 먹어 보는 따뜻한 음식인지, 바나나 향이 가득 밴 부드러운 흰밥, 잃어버린 옛사랑을 다시 만난 것만 같았다.

물을 마시고 인간이 만든 따뜻한 음식이 몸속으로 들어가자 무엇인가

불꽃씨의 경우,
모든 길에 벌레들의 이름을 붙여 준 열대의 나날들

느껴지는 것이 있었다. 그것이 무엇인지 퍼뜩 생각이 나지 않았지만 환희 같은 것이 가슴속에서 흘러나왔다. 자신의 심장 뛰는 소리를 들을 수 있었다. 살아 있다는 사실에 기쁨을 느꼈다. 부드럽고 달콤한 바나나밥 한 개를 다 먹고 나자 언제나 깊은 곳에 자리하고 있던 고독이 소멸해 버렸다. 고독이 그의 인생을 풍요롭게 했다는 사실을 잊어버렸다. 그는 살아 있었고 그것이 좋았다. 조금 전까지와는 전혀 다른 눈으로 이 땅이 보이기 시작했다. 바야흐로 이곳을 사랑하기 시작한 것 같았다. 그의 인생 두 번째 사랑이 시작되고 있었다.

누군가 그의 허리를 쿡쿡 찔렀다. 키가 자그마한 할아버지였다. 할아버지는 막대기로 땅에다 무슨 글자인가를 썼다. 1939라는 숫자였다. 할아버지는 문제를 풀라는 듯 막대기를 그에게 넘겨주었다. 1939. 그는 곰곰이 그것을 들여다보았다. 아이들과 어른들이 그를 둘러싼 채 흥미진진하게 지켜보았다. 이윽고 문제를 풀었다. 그는 노인의 작대기를 받아 그 옆에 썼다. 1969. 답이 맞았는지 노인이 하하 웃었다. 그리고 다시 글자를 썼다. 157. 이문제는 아주 쉬웠다. 186. 그가 답을 썼다. 노인이 다시 글자를 썼다. 46. 그는 이제 통달했다. 75. 모든 문제의 답이 맞았다. 1939와 1969. 157과 186. 46과 75. 동네 사람들은 바닥에 쓰인 이 숫자들을 보고 깔깔 재미나게 웃어 댔다. 이 몇 개의 숫자를 주고받는 순간 그는 그들과 비밀이 없는 친구가 되었다. 사람들은 그에게 많이 쉬었다 가라고 했지만 그는 그 정다운 동네를 떠났다. 여기가 끝은 아니었다. 그는 좀 더 걷고 또 걷고 싶었다.

　사람들이 차를 타기에 그도 차를 탔다. 작은 트럭 양쪽에 긴 나무 의자를 놓아 많은 사람이 앉을 수 있게 개조한 것이었다. 태양은 이글거렸고 사람들은 얌전히 그 볕을 받으며 뭔가를 먹고 마시며 떠들었다. 그러다 모두 잠이 들었을 때 갑자기 차가 튕겨 올랐다. 펑크가 났다고 했다. 한 시간 뒤, 차는 다시 달렸고 다시 한 시간 뒤 펑크인지 뭔지 고장을 일으켰다. 30분 뒤 차는 다시 달려갔다. 울렁거리며 마른 들판을 지났고 숲을 지났다. 팜나무가 보였고 집도 보였다. 자세히 보면 집 옆에 아이들이 보였고 개들도 보였다. 좀 더 자세히 보면 고양이와 닭들도 보였다. 더 자세히 보면 마당의 파파야나무와 익어 가고 있는 바나나도 보였다. 트럭은 또다시 고장을 일으켰고 사람들은 다시 내렸다.

　오리알과 연밥을 든 아이들이 나타나서 장사를 했다. 그는 하얀 열매를 샀다. 그것이 뭔지도 모르고 그냥 샀다. 아이가 들판에 거대한 막대사탕처럼 박혀 있는 팜나무를 가리켰다. 거기서 나는 열매라는 것 같았다. 팜나무 열매라니, 하얗고 동글납작한, 매끈거리는 덩어리였다. 입안에 넣자 미소가 나왔다. 미미한 냄새를 풍기는 부드러운 덩어리였다. 몸과 마음이 심약한 사람을 위한 열매였다. 차를 타고 가는 동안 입안에 넣고 천천히 혀로 굴리

며 빨아 먹다가 마지막에 삼켰다. 들판 저 끝에서 노을이 지고 있었다. 이곳
의 노을은 종일 불볕을 받아 낸 사람들을 위해 태양이 주는 하루의 마지막
선물이었다. 낮 동안의 숨 막히는 뜨거움이 다 용서되는 아름다운 노을이
었다.

지구를 한 바퀴 돈 것 같은 여행이었다. 아침에 차를 탔는데 밤이었다.
머리와 온몸에는 먼지가 풀썩였다. 입안도 버석거렸다. 적어도 먼지 1킬로
그램은 먹은 것 같았다. 종일 함께 했던 사람들이 먼지를 털면서 갈 길을 갔
다. 그는 어디로 가야 할지 알 수 없었다. 이곳은 도시였다. 너무 많은 것들
이 움직이고 굴러가고 있었다.

한 아이가 그의 옷자락을 당기며 말을 걸었다. 그의 발치에 저울을 놓더
니 올라서라고 했다. 대체 이 아이는 왜 나의 몸무게가 궁금한 것일까? 그
는 저울 위에 올라갔다. 57킬로그램이었다. 그가 알았던 마지막 몸무게에
서 18킬로그램이나 빠져 있었다. 원 달러. 아이가 이렇게 말했다. 그는 당황
해서 없다고 했다. 아이는 화를 내며 그를 쏘아보았다. 그는 주머니를 털어
보였다. 1달러가 되지 않은 종이돈 몇 개가 있었다. 아이는 고사리 같은 손
으로 재빨리 그것을 낚아채더니 가버렸다.

온몸이 아파 오는 느낌이 들었다. 목에서 불이 나는 것 같았다. 바위처럼
큰 얼음을 톱으로 자르는 남자가 보였다. 큰 얼음을 벽돌 크기의 모양으로
만들어 아이스박스에 넣고 있었다. 그는 쪼그려 앉아 바닥에 떨어진 얼음

부스러기를 입에 넣었다. 낮에 먹었던 팜 열매와 같은 느낌이 들었다. 작은 얼음덩이는 목덜미에 타오르는 불을 꺼주었다. 그는 조금 정신을 차리고 다시 걸어갔다. 이곳은 지금까지 그가 있었던 초록의 시골과는 다른 곳이었다. 모든 움직이는 것들이 물결처럼 밀려가고 있었다. 어디에도 누울 만한 자리는 보이지 않았다.

어두운 길모퉁이에 쪼그려 앉았다. 고개가 저절로 푹 꼬꾸라졌다. 그는 그대로 누웠다. 이렇게 부랑자가 되어 가는 것이라고 생각했다. 어쩌면 죽어 가는 것인지도 몰랐다. 코앞에 땅바닥이 보였다. 갈라진 시멘트 바닥에 참 많은 것들이 버려져 있었다. 우주를 떠돌다 팽개쳐진 것 같은 때에 절고 낡아빠진 고무샌들 한 짝, 찌그러져 납작해진 캔, 비닐봉지에 꽂힌 플라스틱 빨대, 찢어져 뭉쳐진 종이, 그 종이를 펴보니 사진이었다. 엎드려 종잇조각을 맞춰 보았다. 결혼사진처럼 보였다. 피곤하고 쓸쓸한 땅바닥이었다. 또 무엇인가 납작하게 눌어붙은 것이 보였다. 짐승의 시체 같았다. 차와 사람들에게 눌리고 밟힌 다음 태양에 바싹 말라서 종이처럼 납작하게 박제되어 있었다. 그는 공책을 꺼내 그것을 그렸다. 쥐였다. 아주 큰 도시의 쥐, 고양이만큼 큰 쥐였다. 꼬리와 얼굴은 형체를 찾기 어려웠지만 털은 아직 반들반들했다. 그는 이 길에도 새 이름을 붙여 주었다. 이렇게.

'산책 나온 큰 쥐의 마지막 길.'

다리가 후들거리고 허리가 꺾였다. 몹시 아픈 것 같았다. 어딘가 조용히 누울 곳이 필요했다. 그는 다 쓰러져 가는, 페인트는 완전히 벗겨져서 그 위에 시커멓게 곰팡이가 핀 아파트를 발견했다. 빈 아파트라고 생각했는데 안으로 들어가니 사람이 살고 있는 것 같았다. 그것도 많은 사람들이. 플라스틱 의자와 먹다 팽개친 그릇들에는 아직 밥이 남아 있었고 파리들이 붕붕거렸다. 생쥐 두 마리가 밥알을 주워 먹더니 검은 테이프에 감겨 늘어진 전깃줄을 타고 올라갔다. 그는 계단을 올라 사람이 오지 않을 것 같은 옥상으로 갔다. 이곳 또한 사람이 와서 담배 피고 술 마시고 밥을 먹은 흔적들이 흩어져 있었다. 어지럽고 구토가 나왔다. 그는 눈에 보이는 해먹으로 가서 누웠다. 이것이 누구의 것인지 생각할 힘조차 없었다. 온몸이 펄펄 끓었다. 밖에서 캐럴이 들려왔다.

저 명랑한 리듬은 백포도주와 훈제 연어를 떠오르게 했다. 이렇게 덥고 열이 펄펄 끓는데 크리스마스라니, 어머니는 상상도 못하겠지. 입에서 끙끙거리는 소리가 나왔다. 손가락 하나 움직일 때조차 온몸에 지진이 난 것처럼 아팠다. 목이 말랐지만 몸을 움직일 수가 없었다. 그는 그냥 해먹에 몸을 푹 묻고 까무룩 어둠 속으로 떨어졌다. 어머니일까. 누군가 그의 입술에 물을 축여 주었다. 코코넛 물이었다. 그는 눈도 뜨지 않고 그 물을 마셨다. 그리고 다시 혼수상태로 떨어졌다. 꿈인지 현실인지 알 수 없는 것들이 잠 속으로 따라왔다. 캐럴이 들렸고 그의 머릿속에는 자동적으로 훈제 연어와 차가운 백포도주가 떠올랐다. 또다시 누군가 그를 일으켜 입술에 코코넛 물을 축여 주었다. 여전히 캐럴이 들려왔다. 그는 달콤한 크리스마스 케이크와 샴페인을 생각했고 또다시 어둠 속으로 떨어졌다. 다시 눈을 떴을 때 한 여자가 그를 빤히 내려다보고 있었다. 입술을 새빨갛게 칠했고 눈두덩도 시퍼렇게 색칠한 너무 짙은 화장을 한 여자였다.

"이거 나 줘."

여자가 그의 공책을 코앞에 대고 팔랑거리며 영어로 말했다.

"나한테 코코넛 물 준 사람이 너야?"

"아니, 내 애인. 그렇지만 이 해먹은 내 거야."

"그래, 이 공책을 주면 나한테 뭘 줄 건데?"

"이거 가져."

여자가 줄이 두 개나 나가 버린 고물 기타를 내밀었다.

"그래 줄게. 그렇지만 마지막 한 페이지만 더 그리고."

"진짜지? 나 줄 거지?"

여자는 폴짝 뛰면서 좋아했다. 그는 기타를 안고 붙어 있는 줄을 쳐보았다. 형편없는 소리가 났다. 쪼그려 앉아 그가 무슨 곡이라도 연주해 주길 기다리던 여자가 갑자기 생각난 듯 이렇게 말했다.

"그런데 당신, 내 애인한테 돈 줘야 해. 당신이 마신 코코넛이 몇 통인지 알아? 스무 통은 넘을 거야. 이제 살아난 것 같네, 정말. 당신 뎅기열 걸렸었

어. 알아, 그게 뭔지? 열병을 앓았는데 우리 애인이 당신 살린 거야. 생명의
은인이지. 그러니 돈을 줘야 해. 나한테 줘도 괜찮아. 돈 있어?"

　옥상으로 올라오는 계단 끝에서 한 청년이 걸어오는 것이 보였다. 햇살
에 비친 그의 실루엣은 체격이 좋은 단단한 뼈대의 동양 남자로 보였다. 늠
름한 어깨와 날렵한 허리를 움직이며 오는 모습이 멋졌는데 가까이 와서
보니 부랑자 같았다. 머리카락은 지저분하게 길었고 낡아빠진 옷을 입고
있었다. 그러나 건강해 보였다. 두 눈은 반짝거렸고 피부 빛도 좋았다. 무엇
보다 행복해 보였다. 청년은 한 손에는 코코넛을 받쳐 들고 다른 손으로는
담배를 피우고 있었다. 그는 즉시 그 바닷가가 떠올랐다. 그 풀 냄새였다.
그의 첫사랑 세트를 모두 잃어버린 그날의 바닷가 그 담배였다. 노란색 연
기가 솔솔 날아서 그의 콧속으로 들어왔다.
　"와우, 살아났네. 이 담배 피우실래요?"
　청년이 그에게 피던 담배를 내밀었다. 그는 담배를 받아 연기를 빨았다.
이런 기분, 그때 느꼈던 바로 그 기분, 미지근하고 넓은 바다 속에 몸을 담
그는 기분이 들었다. 파도가 부드럽게 그의 허리를 간질였다. 갑자기 타는
듯 목이 말랐다. 청년이 그에게 코코넛 물을 마시게 했다. 그는 청년이 마음
에 들었다. 그와 같은 담배를 나눠 피우고 그와 같은 코코넛 물을 마신다는

불꽃씨의 경우,

모든 길에 벌레들의 이름을 붙여 준 열대의 나날들

것이 왠지 설레면서 좋았다. 그의 인생에 세 번째 사랑에 빠지려고 하는 순간이었다. 이번에는 물건도 땅도 아닌 사람이었다. 청년은 그에게 어딘가로 샤워를 하러 가자고 했다. 두 사람은 함께 모토 택시에 올랐다. 청년이 그의 뒤에 앉아 그의 허리를 꽉 껴안았다. 뭔가 이상한 기분이 갈비뼈 아래쪽을 찢으면서 들어왔다. 인생이, 살아 있다는 것이 좋았다. 그는 지금 자신의 인생에서 황금기가 시작되고 있다고 확신했다.

　불꽃씨의 이야기는 매혹적이었다. 우리 중 누가 그의 이야기를 온전히 이해했는지는 모르겠다. 그러나 우리 모두는 그의 이야기에 완전히 빠져버렸다. 건기의 바람이 불어 벌거벗은 우리의 등짝과 얼굴을 빨간 먼지로 뒤덮는 줄도 몰랐다. 바람이 불고 나면 알 수 없는 새들이 날아와서 미친 듯이 울기도 했다. 황혼이 순식간에 왔다가 사라지고 나면 수십 마리의 박쥐들이 수영장 위로 물을 튀기며 날아올랐다. 이제 건기가 끝나고 곧 우기가 시작될 것이라는 신호였다.

　서른이 넘은 뒤 나는 이 세상에 별로 새로운 것이 없다고, 모든 것은 지루한 반복일 뿐이라고 생각했다. 아니었다. 내 추억의 단지는 아직 채워지지 않았고 불꽃씨의 이야기와 기타 소리로 채워지고 있었다. 넘치도록 가득 차고 있었다. 우리 모두는 그를 좋아했다. 나는 그를 위해 과일 도시락을 싸들고 왔다. 열대 과일들은 따로 장식할 필요도 없이 알록달록, 내 설레는 마음을 그대로 표현해 주었다. 첫사랑에 빠졌을 때와 같았다. 망고 아저씨도 마찬가지였다. 이 게으른 남자도 사랑에 빠졌다. 그는 매일같이 불꽃씨를 머리 감겨 주는 여자에게 데리고 갔다. 특히 잭은 샴쌍둥이처럼 옆에 붙어다녔다. 똑같이 더러운 옷을 입은 지저분한 꼴로 돌아다녔다.

불꽃씨는 늘 미소를 짓고 있었다. 담배를 피우거나 맥주를 마실 때 그 미소는 좀 더 깊어졌다. 보는 사람의 마음을 편안하게 진정시켜 주는 미소였다. 우리는 수영장을 둘러싸고 어둠이 내리는 줄도 모르고, 건기의 바람이 우리의 머리카락을 빨갛게 엉키게 하는 줄도 모르고 그의 이야기와 연주에 빠져들었다. 그리고 어느 날 정신을 차려 보니 잭 또한 그 옆에서 연주를 하고 있는 것을 발견했다. 그는 불꽃씨의 기타만큼 낡아빠진 아코디언을 들고 있었다. 이렇게 두 사람은 한 쌍의 바퀴벌레처럼 지저분한 모습으로 붙어 앉아 퉁퉁, 붕붕 소리를 내면서 불협화음을 만들어 내기 시작했다. 세상에서 가장 잘 어울리는, 세상에서 가장 아름다운 소리를 내는 한 쌍이었다.

● 파파야의 경우,

대체로 퇴폐적인 상상으로 흘러가는 열대 우기의 나날들

● 이제 5인의 마지막 인물인 나에 대해서 이야기할 차례다. 나는 이곳에 방황하거나 새로운 인생을 찾아서, 혹은 여행길에 들른 경우가 아니었다. 직장 일 때문에 파견된 프랑스인 남편을 따라서 이 열사의 땅으로 왔다. 그래서 나의 열대는 수영장에서 만난 다른 친구들에 비해서 훨씬 안정적이었다. 삶에 대한 아무런 고민이 없었다. 1년 내내 여름만 계속되는 땅에 대한 지식도 전혀 없었다.

이곳에 도착한 첫날을 잊을 수가 없다. 비행기에서 내려 공항 밖으로 나갔을 때 무엇인가가 나를 확 덮치며 뒤로 밀었다고 생각했다. 그것은 더위였다. 이곳의 더위는 그냥 날씨가 아니라 살아 움직이는 생물체, 곰이나 코끼리 같은 거대한 동물 같은 것으로 다가왔다. 남편의 현지 동료들이 나와서 우리 가족에게 하얀 꽃으로 엮은 목걸이를 걸어 주었다. 머리를 어쩔하게 하는 꽃 냄새였다. 이 꽃 역시 그냥 꽃이 아니라 고양이나 토끼처럼 묵직했다.

호텔방에 들어갔을 때 더위와 꽃 냄새 때문에 온몸이 나른하게 늘어졌다. 탁자 위에는 손가락만 한 바나나와 붉은 털북숭이 람부탄, 갈색 껍질의 리치가 하얀 쟁반에 담겨 있었다. 그것을 먹어 보려고 하는 순간 비가 쏟아졌다. 하얀 꽃목걸이와 과일 쟁반, 그리고 비. 이 세 가지는 언제나 열대에 대한 첫 이미지로 남아 있었다. 우리는 우기에 도착했고 매일 오후 4시 즈음 비가 쏟아졌다. 대단한 비였다. 나는 단번에 그 비와 사랑에 빠졌다. 그

런 비를 매일 볼 수 있다는 것만으로도 그곳으로 가는 비행기 값을 지불할
수 있다고 생각할 정도였다.

비는 늘 오후에 내렸는데 먼저 바람이 불고 하늘이 캄캄해졌다. 뒤이어
천둥 번개가 치면 굵직한 비가 시끄러운 소리를 내면서 쏟아졌다. 이 모든
것이 삽시간에 이루어져 피할 시간도 없었다. 사람들은 숲 속의 야생동물
들처럼 우왕좌왕하지만 곧 평정을 되찾았다. 이 집 저 집 처마 밑으로 들어
가 비가 멈추기를 기다리며 담배를 피거나, 푹 젖은 채 모토를 타고 달려가
거나, 빗물에 떠내려온 코코넛을 굴리다가 웃통을 벗고 첨벙거리며 코코넛
축구를 했다. 비가 오기 전에도, 올 때도, 오고 난 뒤에도 그 풍경은 늘 설레
게 했다.

우리가 세 들었던 집은 이 도시에서 가장 쾌적한 동네였고 아파트 정원
에는 열대 꽃들로 둘러싸인 조그만 수영장이 있었다. 크림빛 페인트가 칠
해진 담 위에는 철조망이 얹혀 있었고 24시간 경비가 문을 지켰다. 열대의
모든 위험하고 지저분한 것들로부터 보호되었다. 더위만 빼고. 아니, 하나
더 있었다. 비도 피할 수 없었다. 이곳은 상습 침수 지역이었다. 나는 이 '상
습 침수'를 열광적으로 좋아했다.

비가 쏟아지면 모든 길들이 강이 되었다. 물은 갑자기 들이닥쳤고 지대
가 낮은 주택의 마당으로 쏟아져 들어가 물바다가 되는 것을 볼 수 있었다.
자동차는 배처럼 높이 물을 가르며 지나갔다. 사람들은 맨발로 걸어다녔고

모두 웃었다. 어디든 비 냄새로 가득했다. 흙과 과일, 나무와 짐승, 열대의 모든 냄새들이 뒤섞여서 피어올랐다. 물이 빠지면 사람들은 모두 같이 물청소를 했다. 웃으면서 장난을 치면서 마당을 씻고 난간을 씻었다. 어둠이 내리면 빗물은 거의 다 빠져 버렸다.

나는 아파트 테라스에 앉아 빗물이 아주 조금만 남아서 땅바닥에 얇은 거울처럼 어른거릴 때까지 보았다. 그리고 누군가가 나를 불러 주기를 기다렸다. 역시 그녀가 오는 소리가 들렸다. 작은 자전거에 무거운 엉덩이를 걸치고 끽끽 소리를 내면서 오는 여자, 미미였다. 이렇게 비가 내리고 난 저녁이면 우리는 늘 만났다. 한잔하기 위해서였다. 막 비가 쏟아진 후였고 무엇인가 그런 것이, 알코올이 필요했다. 그냥 지나갈 수 없었다. 이때만은 언제나 이심전심이었다. 그녀는 빗물이 흥건한 거리에서 내 이름을 부르며 손을 흔들었다. 이곳에 비가 내리고 나면 다들 살짝 광기에 사로잡혔다. 나도 그랬다.

미미와 내가 처음부터 그렇게 사이가 좋았던 것은 아니었다. 그 이야기를 하려면 그린파파야 이야기를 해야 한다. 그린파파야를 이야기하기 전에 나는 언제나 붉은 파파야 이야기를 더 좋아한다. 물론 내가 제일 좋아하는 과일이라면 두리안이다. 그러나 가장 즐겨 먹는 것은 파파야다. 두리안은 내 혀를 황홀하게 하지만 부담스러운 과일이다. 날카로운 가시로 뒤덮인 껍질 때문에 그것을 쪼개어 살을 꺼내는 수고를 해줄 사람이 꼭 필요하다. 그래서 가끔은 두리안이 밉다. 그러나 파파야에 대해서라면 언제나 칭송할 수 있다.

처음부터 파파야를 좋아하지는 않았다. 역겨운 맛이라고 생각했다. 그러나 이 과일은 어디를 가나 있었고 어쩔 수 없이 먹어야 하는 경우가 많았다. 그래서 그 맛을 알게 되었다. 파파야는 속살이 황혼빛이다. 맛도 황혼의 맛이다. 아니, 황혼에 이르러야 그 맛을 알 수 있는 과일이라고 해야 할까. 잘 익은 파파야는 손가락을 대면 껍질이 허물어지면서 살 속으로 쑥 들어갈 정도로 부드럽다. 붉은 오렌지색 물이 뚝뚝 떨어진다. 이 일을 어찌할까. 빨리 먹지 않으면 이제 곧 썩어 버릴 것이다. 그것을 반으로 자르면 그 안에 흑진주가 소복하게 들어앉아 반짝반짝 빛을 낸다. 이것을 먹지 않고 걷어 내버려야 한다니 안타까운 일이다. 이 씨앗을 맛보려고 손가락 끝으로 휘저어 보면 뭔가 음흉한 느낌으로 툭툭 터진다. 중년이 하는 사랑의 맛이 이럴까 싶다. 아니, 이렇게 향긋한 과일을 두고 이런 생각을 하다니, 아무래도 나는 퇴폐라는 열대병에 걸린 것 같다.

이 병에 걸리면 과일을 무지하게 많이 먹는 증상이 나타난다. 두 번째는 모든 과일의 맛을 사람과 연결시켜 상상하는 짓을 하게 된다. 그 인물이 남자일 경우엔 더 흥미진진해져 버린다. 내 열대의 나날들은 그런 부질없는

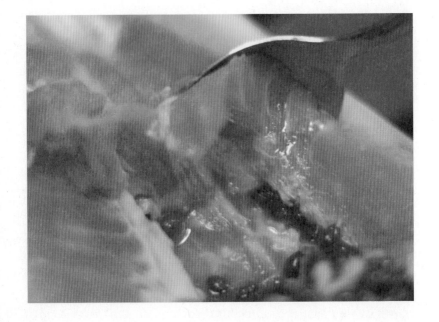

파파야의 경우,
대체로 퇴폐적인 상상으로 흘러가는
열대 우기의 나날들

상상으로 흘러갔고 결정판은 파파야로 내려졌다. 내가 제일 좋아하는 남자라면 그 남자는 분명 파파야 맛이어야 할 것이라고 방점을 찍었다. 그렇다고 파파야가 특별한 맛이 있는 것은 아니다. 그냥 나긋나긋한 맛이다. 향기가 강하지도 않고 새콤하지도 달콤하지도 않다. 물이 많지도 않고 모양이 예쁘지도 않다. 그런데 자꾸 먹다 보면 어느새 붉은 파파야에 중독되어 버린다. 무엇보다 부드럽다. 포근하게 씹히면서 향긋한 냄새가 피어난다. 평화적인, 부처님의 자비의 정신이 그대로 깃든 과일이라고 할 수 있다.

파파야는 그 흑진주 씨앗을 아무 데나 뿌리기만 하면 쉽게 싹이 올라온다. 일부러 뿌릴 필요도 없이 먹다가 마당에 떨어지면 잡초처럼 쑥쑥 올라오고 1년도 지나지 않아 열매를 맺는다. 나무의 둥치도 가지도 잎도 열매도 모두 예쁜 초록색이다. 나무 전체가 풀처럼 온통 부드럽다. 열매는 기둥에 대롱대롱 소복하게 매달려 점점 크게 자란다. 아무리 따서 먹어도 계속해서 열매가 열린다. 자꾸자꾸 열려서 나중에는 너무 무거워 옆으로 기우뚱 쓰러져 버리고 만다. 희생의 나무다. 넘어져서도 계속해서 새로운 열매를 맺고 키운다. 그래서 나무 기둥이 무너지지 말라고 끈을 묶어 돌을 매달아 놓기도 한다. 착하고 순한 과일, 그러나 참 못생겼다. 시장에서 이 못생긴 파파야를 보게 되면 그 맛을 아는 아낙들은 서로의 눈을 보며 스윽 웃는다. 그 웃음의 의미란 이런 것이다. 어디 이런 남자 없나요?

한 남자가 있긴 한데, 그가 바로 파파야, 그러나 그린파파야에 훨씬 가까운 남자였다. 그린파파야는 과일이라는 이름을 얻기 전의 채소 상태로 미성숙 과일이다. 이 그린파파야를 큰 칼로 반으로 쪼개면 역시 검게 익기 전의 하얀, 순결한 흰 진줏빛 씨앗이 소복하게 들어 있다. 아름답긴 하지만 역시 먹을 수는 없다. 익은 파파야보다 그린파파야를 더 좋아하는 사람도 많다. 이것을 채 썰어서 라임과 마늘, 붉은 풋고추, 가재 젓갈을 짓이겨 넣어서 잘 버무린 뒤 땅콩을 뿌리면 그린파파야 샐러드가 된다. 이 샐러드와 함께 맥주를 마시면 잠깐이지만 청춘이 돌아온다.

이 그린파파야 남자를 만난 것은 내 아이가 다니는 프랑스 국제학교에서였다. 처음엔 그린파파야가 내 아이 친구의 형이라고 생각했다. 알고 보니 아빠였다. 뭐, 그런 이야기였다. 초등생의 아빠라기엔 좀 젊은 남자였다. 깊은 산 속 길에서 갑자기 튀어나온 어린 노루처럼 전체적으로 날렵한, 무척이나 사랑스러운 남자라고 말해야겠다. 눈썹은 짙고 검었는데 그 아래 눈동자는 그보다 더 짙고 반짝반짝했다. 그린 듯한 콧수염이 코 밑을 살짝 덮고 있었고 그 아래 입술은 단정하고 도톰했다. 그 입술 안에는 흰 이빨이 소복하게 들어 있었다. 그는 그 이빨을 다 드러내고 소년처럼 잘 웃었다. 눈빛이 부드러웠다. 사실 그의 여자도 소녀처럼 잘 웃었다.

물론 그 여자가 소녀인 것은 아니었다. 그녀가 바로 미미였다. 그때는 이름도 몰랐다. 그녀는 일본 여자로 적어도 그린파파야보다는 스무 살은 더

많아 보였다. 몸무게도 30킬로그램은 더 나갈 것 같았다. 목소리가 크고 사교적인 여자였다. 학교에서 파티를 하면 커다란 가슴이 드러나는 드레스를 입고 나타나 여러 사람들 사이를 오가며 쉬지 않고 웃고 떠들었다. 그녀는 수시로 남편의 어깨에 투실한 살집의 팔을 척 감고는 그를 꼭 잡아당겨 안았다. 이 일을 어쩌면 좋을지, 나는 그 여자의 팔뚝이 정말 미웠다.

그들은 나와 같은 동네에 살았는데 너무 자주 마주쳤다. 어디를 가나 두 사람은 붙어다녔다. 저녁 무렵 동네를 어슬렁거리면 언제나 그들과 마주쳤다. 여자는 그린파파야의 손을 꼭 쥐고 있었다. 절대 도망가지 못해, 이렇게 말하는 것 같기도 하고 절대 넘보지 마, 이렇게 말하는 것 같기도 했다. 도시의 저녁 소음들로 시끄러운 거리였지만 그들은 상관하지 않았다. 그들은 노래를 불렀다. 요코니코 곤니치, 앙증맞은 일본 노래들을 함께 불렀다. 그녀는 그린파파야의 발음이 틀렸다고 입술을 꼬집었고 웃음을 터뜨렸다. 나는 그들과 5분 정도 같이 가다가 내 갈 길로 빠지며 늘 똑같은 생각을 했다. 저 어울리지 않는 한 쌍의 바퀴벌레를 어쩌면 좋을까.

오랫동안 열대에 살았지만 사실 나는 현지 사람을 만날 기회가 거의 없었다. 나에게 현지로 들어가는 문은 우리 집에서 일하는 아줌마와 보모, 두 여자뿐이었다. 알고 보면 우리 사이도 참 빈곤했다. 일하는 아줌마와 나는 말이 통하지 않았다. 그녀는 영어로 나에게 말했다. 그러나 그녀가 쓰는 영어 단어는 내가 아는 이 나라 말의 숫자보다 더 적었다. 우리는 이런저런 언어들을 마구 조합해서 의사소통을 했다. 그녀와 나 사이에 주고받는 대화는 인간이 생존하는 데 필요한 것이 무엇인가를 알게 해준다. 쌀, 마늘, 생선, 과일, 채소, 물, 청소, 다림질, 시장, 나는 이런 종류의 단어를 이 나라 말로 할 줄 알았다. 그리고 아줌마가 아는 영어 단어는 돈, 비싸다, 월급, 아프다, 딸, 학비, 안녕, 미안, 좋다, 요리, 그런 정도였다. 그녀는 이 단어 안에서 충직하게 우리 집에 봉사했다.

그리고 노처녀인 내 아들의 보모, 프랑스인 집에서 잡일을 시작했던 그녀는 프랑스 남자와 결혼하는 것이 꿈이었다. 두엇 정도의 프랑스 할아버지들과 선을 보기도 했지만 잘 이루어지지는 못했는데 맨 나중에 한 남자와는 결국 결혼을 했다. 프랑스 서쪽 바닷가에 사는 남자였는데 결혼식에 맞추어서 이곳에 왔다. 보모는 한껏 들떠서 일하는 아줌마와 신나게 수다를 늘어놓았다. 두 사람의 취미는 온갖 간식거리를 싸들고 와서 먹으면서 몇 시간이고 담소하는 것이었다.

두 여자는 열대의 모든 냄새를 가지고 왔다. 아침에 문을 열고 들어올 때면 국수에 넣어 먹는 푸성귀와 재스민 차 냄새가 진하게 퍼졌고, 점심에는 볶은 국수의 기름 냄새와 라임 냄새를 풍겼고, 오후에는 알 수 없는 과일과 볶은 땅콩이나 달착지근한 코코넛 밀크 냄새를 풍겼다. 그들이 들고 오는 것들에는 내가 좋아하는 것들도 꽤 있었다. 바나나 튀김이나 소금에 찍어 먹는 어린 망고나 구아바 같은 것들. 내가 먹을 수 없는 것들은 튀긴 전갈이나 작은 우렁쉥이, 조미료 범벅해서 태양에 말린 재첩 같은 것들이었다.

"너 이제 결혼하면 이런 거 못 먹어서 어쩌니. 프랑스 갈 때 젓갈들이랑 양념들, 말린 생선이나 말린 과일, 좋아하는 과자 같은 것들을 잔뜩 사가야 해. 그리고 거긴 무지 춥다. 겨울옷도 단단히 준비해서 가라. 안 그러면 미쳐 버리는 날이 온다. 외국 바닷가에서 정신줄 놓고 울면서 헤매고 다닐지도 몰라. 그러니까 준비 단단히 해야 된다고. 그리고 여권이랑 비행기 살 돈 정도는 꼭 숨겨 두고 살아라."

그 쌀쌀맞은 나라에서 살아 보았기에 내 뼛속 깊은 데서 나온 이야기였다. 그때마다 보모는 깔깔대며 '노 프러블럼!'을 외쳤다. 그녀는 스파게티를 너무 좋아하고 추위도 절대로 타지 않는다고 했다. 생선 젓갈 같은 냄새나는 것들을 들고 가지 않을 것이라고 말했다. 그래, 그럼 가기 전에라도 실컷 먹어라. 나는 그렇게 말할 수밖에 없었다. 한 번도 타향에서 살아 보지 않았고, 한 번도 남자와 살면서 눈물 흘려 보지 않은 노처녀의 귀에 그런 소리가 들리기나 하겠나. 프랑스 남자와 바닷가에 휴가를 떠나는 기분이겠지. 늘 뒤늦게 깨달아지는 것이 인생이긴 하다만.

그녀는 눈이 새파랗고 안색이 너무 창백해 보이는 허우대만 멀쑥한 남자를 따라 비행기에 올랐다. 6개월 동안 잠잠했다. 우리는 그녀를 잊었다.

그런데 그녀는 이 열대를 잊지 못하고 있었다. 6개월이 지나자 그녀는 못 살겠다고 전화를 했다. 프랑스 사람들은 고기와 감자만 먹고 산다고 말했다. 바다는 얼어 죽도록 차갑다고, 거리엔 사람은 물론 개미 새끼 한 마리 없다고 울부짖었다. 10개월이 지나자 그녀는 거의 미쳐 가는 것 같았다. 외로워서 잠을 이룰 수 없다고 말했다.

우리는 당장 비행기를 타고 돌아오라고 충고했다. 처음부터 말도 안 되는 결혼이었지만 누구도 말릴 수는 없었다. 그녀는 돌아왔다. 10개월 만에 이혼녀가 되었지만 행복한 것도 있었다. 열대의 모든 짭짤하고 자잘한 것들을 다시 먹을 수 있게 되었다는 것이 무엇보다 중요했다. 열대 공기에 그녀는 빠르게 회복되었다. 그녀는 다시 내 아이의 보모가 되었고 다른 보모들과 우리 집으로 몰려왔다. 아이들은 아이들끼리 놀았고 보모들은 보모들끼리 모여 앉아 아이들 못지않게 시끄럽게 노닥거렸다. 물론 그 많은 새콤달콤 짭짤한 과일 세트들을 오물오물 먹으면서. 그 신 과일 냄새들과 시끄러운 웃음소리, 보모들의 열대 한때는 그렇게 흘러가고 있었다.

보모들은 이 도시에 일어나는 모든 것을 알고 있었다. 그러니까 이 도시 먼 곳에서부터 이 도시의 깊숙한 곳에까지. 우리 아파트의 높은 담이 이 도시의 모든 것으로부터 지켜 준다고 말했던가. 3개월 만에 그것이 아님을 알게 되었다. 아무것도 보호되지 않았다. 이 동네의 모토와 툭툭 기사들은 내 얼굴을 알았고 내 친구의 집을 알았고 내가 가는 식당을 알았고 나의 귀가 시간도 알았다. 보모들과 아파트 경비들은 모든 정보를 공유했고 비밀 같은 건 없었다. 높은 담은 그냥 비싼 월세에 대한 형식적 예의일 뿐이었다.

그들은 내가 알고 싶은 정보도 아낌없이 가지고 왔다. 그중에는 그린파파야의 집에서 일하는 보모도 있었다. 그녀는 일본인 안주인에 대해서 내가 알고 싶은 것들을 죄다 말해 주었다. 그 안주인은 질투심 때문에 보모를 자주 바꾼다고 했다. 남편이 너무 젊으니까 보모가 남편이랑 시시닥거리는 꼴을 절대 못 본다고 했다. 언제부턴가 일본인 안주인의 보모는 다 늙은 여자들이라고 했다. 밤이면 일본인 안주인은 요상스러운 반짝이 옷을 입고 거실을 거닐며 남편에게 얄궂은 알약을 먹게 한다는 둥, 이런 이야기가 나오면 보모들은 박장대소했다. 그녀들 입에 오르면 이 세상에 아무리 슬픈 이야기도 다 웃음으로 버무려져 버리고 말았다.

이 일본인 안주인은 이른 아침부터 우리 집 베란다 아래서 시끄럽게 내 이름을 부르곤 했다. 이 부부는 자주 아파트 옆길에 있는 공터에서 배드민턴을 쳤다. 그녀는 커다란 가슴을 흔들며 통통한 두 팔을 치켜들고 아아, 소리를 내지르며 흰 털이 달린 공을 쫓아다니며 쿵쾅쿵쾅 소리를 냈다. 그린파파야는 씽긋 웃으며 그녀를 코치해 주었다. 부드러운 눈빛의 내가 좋아하는 스타일의 맑은 웃음이었다. 나는 잠옷 바람으로 베란다 난간에 붙어

서서 두 사람을, 정확히 말하면 근육질이라고는 조금도 없는 얄팍한 어깨와 허리를 구부렸다 뛰어오르는 그린파파야의 움직임을 바라보았다. 글쎄, 흠잡을 데라고는 조금밖에 없는 남편을 가진 여자가 이래도 되는 건지, 뭘 어쩌겠다는 건지. 그래도 그를 보면 좀 설레는 건 어쩔 수 없었다.

배드민턴 치기가 끝나면 두 사람은 자전거를 타고 돌아갔다. 남자가 앞에 앉았고 여자는 뒤에 앉아서 통통한 팔로 남자의 허리를 꽉 결박했다. 절대 놔주지 않을 거야, 그런 표정으로. 그러면 나는 기분이 상해서 베란다에서 몸을 떼고 물러났다. 그녀는 자주 돌아서는 나를 부르며 함께 아침을 먹자고 제안했다. 아, 싫다. 머리로는 그런 생각을 하면서 내 입에서는 오케이! 소리가 떨어지고 두 손을 흔들며 이따 거기서 보자는 사인을 보내고 있었다.

우리는 동네에 있는 조그만 호텔에서 만났다. 절 옆에 있는 옛날 집을 개조해서 만든 이 호텔에서의 아침은 아이 학교 부모들이 좋아했다. 작고 조용한 곳이었다. 도시 한가운데 있었지만 나무들이 하늘을 뒤덮고 있어 먼 곳에 온 느낌이 들었다. 담 너머에는 출근하는 사람들과 밥 먹으러 나온 사람들로 혼잡스러운 아침이었지만 이곳은 고즈넉했다. 열대 과일들과 신선한 주스, 빵이 있었다.

파파야의 경우,
대체로 퇴폐적인 상상으로 흘러가는
열대 우기의 나날들

그녀와 그린파파야는 샤워를 했다. 천장에서 선풍기가 천천히 돌아가면서 두 사람의 젖은 머리카락을 말려 주었다. 새벽부터 배드민턴으로 몸을 풀고 미지근한 물로 샤워를 한 뒤 조그만 호텔에서 차려 놓은 아침을 먹으러 온 그들은 즐거운 기운이 넘쳤다. 아침을 반쯤 먹었을 때 그녀의 이름이 미미라는 것을 처음으로 알게 되었다. 너무 귀여운 이름이잖아, 또 기분이 상하려고 했다.

오늘은 그들이 만난 지 10년이 되는 날이라고 했다. 그래서 맞은편 절에 가서 불공을 드릴 것이라고 했다. 같이 가기 싫다, 라고 생각하면서 절이 바로 앞에 있으니 또 따라갔다. 그들은 많은 것들을 들고 갔다. 라면 박스와 과자 박스, 쌀과 국수, 무지하게 큰 바나나 가지 하나를 통째로 들고 갔다. 오래된 절이었다. 세상의 자잘한 소음과는 멀찍이 거리를 둔 듯한 표정의 할아버지가 비둘기들에게 정성껏 모이를 주다가 우리를 보더니 다가와 짐을 들어 주었다.

미미와 그린파파야는 법당 안으로 들어가서 향을 피우고 초에 불을 켰다. 코코넛 통에 심은 연꽃들 가운에 꽂힌 향에도 불을 붙였다. 부처님 앞에 종이돈도 수북하게 놓았다. 두 사람은 진지한 표정으로 무엇인가를 진심으로 염원했다. 시멘트로 제작된 부처님은 머리 한 귀퉁이가 부서져 있어 피곤하고 나른해 보였다. 법당 천장에는 재미있는 대형 화폭이 그려져 있었다. 부처님이 아니라 물의 여신 이야기였다. 여신은 긴 머리카락을 틀어 올린 채였고, 그 머리카락 끝에서는 물이 폭포처럼 흘러나와 온 세상을 물바다로 만들었다. 물에는 여신이 풀어 놓은 악어들이 나쁜 인간들을 집어삼키고 있었다. 물의 여신, 예뻤지만 왠지 허술하게 화장한 여자애를 떠올리게 하는 얼굴이었다.

미미와 그린파파야는 이제 스님 앞에 조아리고 앉았다. 스님은 자잘한 글자가 쓰인 종이뭉치 같은 것으로 그들의 운명을 점쳐 주었다. 법당 밖으로 나와 계단 위로 올라가니 아까 비둘기에게 모이를 주던 할아버지가 고양이와 놀고 있었다. 오래전부터 바깥 생활만 해온 사람일 것이라는 생각이 들었다. 맞은편에서는 웃통을 다 벗고 오렌지색 천으로 엉덩이만 가린 젊은 스님이 코코넛 물을 마시고 있었다. 아름답거나 성스럽지는 않았지만 평화로운 절이었다. 밖에서 봤을 때는 침침해 보였는데 들어와서 보니 마음을 편하게 하는 공기가 있었다. 내려가니 법당에서 나온 두 사람이 신발을 신고 있었다.

"점괘가 아주 좋으니, 내가 술을 사야겠어요."

미미가 말했다. 싫다, 라고 말하려 했는데 갑자기 비가 시작하려는 조짐이 보였다. 검은 구름이 하늘을 덮고 바람이 불기 시작했다. 우리는 본능적으로 웅크리고 뛰었다. 그러나 이미 늦었다. 거친 바람에 떨어진 나뭇잎들이 펄럭거리며 하늘을 날아다녔다. 가로수들이 쓰러질 듯이 휘청거렸다. 이윽고 굵직한 비가 사정없이 쏟아졌다. 우리는 가장 가까운 레스토랑으로 들어갔다. 이 도시에 유일한 러시아 레스토랑이었다.

벌건 대낮부터 보드카라니, 보드카는 냉동실에서 나왔는지 얼음보다 차
갑고 뜨거웠다. 술을 한 잔 마시고 나자 미미는 그린파파야를 어떻게 만났
는지 이야기했다. 그린파파야는 그녀가 처음 이곳에 왔을 때 그녀의 운전
기사였다고 했다. 러시아 레스토랑 밖 마당에서는 비가 억수같이 쏟아지고
있었다. 물의 여신이 머리카락을 마구 흔들고 있는 모양이었다. 이런 식이
라면 30분 안에 홍수가 날 것이 분명했다.
    뭐랄까, 나는 좀 놀라서 대꾸할 말을 잃어버렸다. 미미의 남자가 그녀의
기사였다니, 어떻게 그런 일이 일어날 수 있는지 의외였다. 운전기사를 남
편으로 만들어 버리다니 정말이지 미미는 진흙 속에서 원석을 볼 줄 아는
여자였다. 진정 여신이었다. 나는 투항할 힘을 모두 잃고 그저 보드카만 들
이켰다. 나에게도 몇몇 운전기사들이 있었지만 그린파파야 같은 보석은 없
었다. 내 열대 운명은 거기까지였다.
    마당의 앵무새가 빗속에서 뭐라고 지껄여 댔다. 러시아 말인지 이곳 말
인지 정말 시끄러웠다. 일하는 아이가 나가서 비에 젖은 새를 안으로 들였
다. 사실 이 집은 내가 가끔 오는 단골집이었다. 맥주를 마신 뒤 이 집에 오
는 이유는 한 가지였다. 좀 더 취하기 위해서였다. 이 집에서 마실 수 있는

것은 보드카밖에 없었다. 작은 잔에 담긴 보드카 한 잔과 훈제 연어와 토마
토, 가지, 피망 절임 한 접시가 세트로 나왔다. 꼭 한 잔만 마시자 해놓고선
늘 대여섯 잔을 비우고 완전히 취해서 돌아가기 일쑤였다. 말하자면 괜찮
은 보드카 술집이었다.

그러나 오늘은 술맛이 썼다. 그린파파야는 두 잔을 마시자 얼굴이 붉어
졌다. 그의 아내는 잘 마셨다. 그녀는 내게 쉬지 않고 건배를 했다. 그들의
만남 10주년을 기념하며, 영원한 사랑이 어쩌고저쩌고……. 빗물이 마당을
통과해 안으로 콸콸 흘러 들어왔다. 그녀는 스님이 봐준 점괘에 대해서 이
야기를 시작했다. 지금 두 사람은 아주 잘하고 있으며 모든 것이 원하는 대
로 이루어질 것이라고 했다. 첫째 아들을 가진 뒤 아이가 안 생기는 것이 고
민이었다고 했다. 그녀는 적어도 다섯 명의 아이를 가지는 것이 꿈이라고
했다. 마당을 덮친 빗물이 순식간에 식당 안으로 흘러와 의자와 탁자 다리
를 휘감기 시작했다.

우리는 의자 위에 발을 올리고 술을 마셨다. 종업원들이 마당으로 나가
모래주머니로 대문 입구를 막으며 방파제를 쌓았다. 그러나 소용없었다. 물
의 여신이 계속해서 머리카락을 마구 흔들어 대고 있었다. 그녀만이 내 마
음을 알고 있는 것 같았다. 나를 위로해 주고 있었다. 물은 계속해서 쏟아져
들어와 이제 의자를 거의 삼켜 버릴 것 같았다. 이윽고 발전기가 나왔다. 경
비가 발전기를 설치해 마당의 물을 담 밖으로 퍼내었다. 그러나 밖으로 나

간 물은 계속해서 안으로 흘러들었다. 의자와 탁자로 휘몰아치는 빗물 속에 앉아 미미는 계속해서 보드카 잔을 들고 건배를 하고 마셔 댔다. 그녀는 웃다가 뒤로 벌렁 넘어져 버렸다. 그린파파야가 말 그대로 번쩍 안아서 그녀를 건져 올렸다. 자기 몸의 세 배는 될 것 같은 여자를 아기처럼 안고 밖으로 나갔다. 그 모습에 나는 눈물이 쑥 빠지려고 했다.

나는 부랴부랴 의자 위에 놓인 미미의 핸드백과 스카프 같은 것들을 챙겨 들고 그들을 따라갔다. 길 밖으로 나가니 물이 허벅지까지 출렁거렸다. 자동차들이 긴 물살을 만들며 지나갔다. 나는 두 사람이 타고 온 자전거까지 끌고 뒤따라갔다. 비는 계속해서 쏟아졌고 자전거 바퀴는 조그맣게 물살을 만들며 얌전하게 굴러갔다. 우기의 쏟아지는 비를 좋아했건만 이 순간만은 아니었다. 비의 여신이 되어 머리카락을 마구 흔들어 온 세상을 물바다로 만들어 버리고 싶었다. 그리고 나의 충직한 악어들을 풀어 모두를 삼켜 버리도록 명령을 내릴 것이다. 물론 그린파파야만 남겨 두고.

비가 그치면 미미가 왔다. 한잔하자는 것이었지만 우리가 진짜 좋아한 것은 비가 거의 빠진 뒤 물이 조금 고인 거리를 자전거로 달리는 것이었다. 오늘은 정말 괜찮은 술집을 찾아보자고 이리저리 돌아다녔다. 비가 내린 뒤 축축하게 젖은 공기를 가르는 그 순간이 좋아서 같은 길을 몇 바퀴나 돌앉다. 내게는 일제 중고 자전거가 하나 있었다. 일본 여학생이 타던 분홍색 자전거였다. 탄탄하고 안장이 높지 않아 내 사이즈에 꼭 맞는, 무척이나 좋아하는 자전거였다. 문제는 온 동네 사람들이 내 자전거를 탄다는 것이었다.

일하는 아줌마는 자기 자전거가 펑크 나면 내 자전거를 타고 다녔다. 아파트 경비도 점심을 먹으러 가거나 구멍가게에 갈 때 내 허락도 없이 내 자전거를 타고 다녔다. 보모와 운전기사도 잠깐씩 내 자전거를 끌고 다녔다. 저녁에 자전거를 타면 손잡이가 끈적끈적했다. 대체 이 사람들은 왜 남의 물건을 제 물건처럼 쓰는지 이해할 수 없다고, 그들이 마구잡이로 뭉개 버린 의자 위에 내 엉덩이를 걸치는 것이 너무 싫다고, 나와 미미는 이런 이야기로 열을 올리며 술잔을 기울였다. 그러는 와중에 술집 종업원이 와서 내 자전거를 잠깐 써도 되겠느냐고 물었다. 이쯤 되면 밤의 습기와 술 몇 잔으로 낙천적이 되어 버린 나는 노 프러블럼!

우리가 주로 가는 술집은 XL이었다. 호주에서 온 홀아비가 하는 이 술집은 동네 막걸리집 같은 분위기였다. 모든 것이 XL인 집이었다. 술집 주인 사이즈부터 XL이었다. 더불어 의자도 XL, 술잔도 XL, 안주도 XL이었다. 티셔츠도 파는데 XL 사이즈만 팔았다. 가슴팍에 XL이라는 로고가 아주 크게 새겨져 있는 티셔츠였다. 영국과 호주가 붙는 축구 경기라도 있는 날이면 열혈 팬들이 이 끔찍한 티셔츠를 입고 몰려들어 소리를 지르고 탁자를 두드리며 맥주를 마셔 댔다. 미미는 이들 축에 낄 수 있는 사이즈였지만 그들에 비하면 나는 XS에 불과했다. 이 집의 장점은 마음껏 포도주를 마실 수 있다는 것이었다. XL 아저씨는 멱을 감아도 될 만큼 큰 잔에 포도주를 넘치도록 담아 주었다. 그래서 이 집에 오면 언제나 완전히 취해 버렸다.

미미는 술을 엄청 마셨다. 그녀는 젊은 시절부터 세계 곳곳을 돌아다녔다고 했다. 스무 살이 되었을 때 갑자기 부모와 일본 사회가 벽처럼 느껴졌다고 했다. 더 이상 나아갈 곳이 없는 답답함을 느꼈다. 그녀는 일찌감치 섬나라를 떠났다. 떠도는 동안 그녀는 자유를 느꼈다. 그녀의 핏속에는 구름과 바람의 유전자가 있었다. 그녀는 언제나 떠돌이로 살 것이라고 생각했다. 이렇게 결혼을 하고 아이를 갖고 한곳에 정착하게 되리라고는 생각지도 못했다고 말했다. 현재 그녀의 직업은 일본 정부의 지원으로 이 나라 시골 구석구석을 돌아다니며 이런저런 설문 조사를 하는 것이라고 했다. 이 일의 문제는 오랫동안 집으로 돌아올 수 없는 것이었다. 남편을 혼자 두는 것이 늘 걱정이라고 했다. 남편이라는 말을 하자 그리웠는지 전화를 돌렸다.

얼마 지나지 않아 남편이란 작자가 왔다. 그는 자기 여자의 잔에 남은 술을 한 번에 다 마셔 버렸다. 그 화끈함에 나는 또 눈물이 쑥 빠지려고 했다. 그는 내가 술잔을 다 비우기를 기다렸다. 나는 술잔을 비웠고 우리는 함께 자리에서 일어났다. 젖었던 땅은 바싹 말라 있었고 술집 밖 거리는 캄캄했다. 미미가 XS 사이즈 자전거 뒷자리에 앉아 XS 사이즈 남자의 허리를 꽉 껴안자 자전거가 달리기 시작했다. 나도 그 뒤를 따라 슬슬 굴러갔다. 내 자전거가 쓸쓸하게 비틀거렸다. 이 시간엔 쓰러져 쭉 뻗어도 상관없었다. 거리엔 자동차도 모토도 없었다. 넘어진 내게로 달려와 짖어 댈 개조차 없는, 습기로 가득한 고요한 밤이었다. 내 귀여운 여학생 자전거만이 열대의 공기를 가르며 얌전하게 달려갔다.

미미와 함께 수영장으로 갔다. 이제 두리안도 사라져 버렸고 미미가 그 자리를 메워 주면 좋을 것 같았다. 그녀는 화사한 분홍색 수영복을 입고 나타났다. 젖이고 엉덩이고 풍만하게 다 드러내고 쉬지 않고 떠들거나 웃었다. 망고 아저씨는 자석처럼 그녀에게 끌려 꽃나무 아래서 나와 우리 파라솔 아래로 왔다. 그리고 하염없이 미미를 보며 그녀가 웃을 때마다 반한 듯이 미소를 지었다. 우리는 내리쬐는 볕 아래 누워 여행객처럼 살을 태웠다. 그녀는 귀여운 남편과 아들이 있었고, 나 또한 사랑스러운 아들과 흠잡을 데라곤 조금밖에 없는 남편이 있었다. 앙증맞은 종이 양산이 꽂힌 코코넛 주스를 마시며 열대의 태양을 받아들이기에 더없이 적합한 처지였다. 누군가 걱정 없는 두 여자 앞으로 긴 그림자를 드리우며 나타났다.

"오늘 우리 밴드 첫 콘서트입니다. 정식 초청합니다."

잭이었다. 그는 오랜만에 나타났다. 완벽한 부랑자의 모습, 제대로 망가

파파야의 경우,
대체로 퇴폐적인 상상으로 흘러가는
열대 우기의 나날들

져 가고 있었다. 팔뚝뿐만 아니라 목덜미에도 그림인지 글자인지 알 수 없는 지저분한 문신을 하고 있었다. 그 옆에 불꽃씨도 구부정하게 서 있었다. 요즘은 머리 감겨 주는 여자에게도 가지 않는지 머리카락은 점점 더 위로 꼬이며 불타고 있었다. 두 사람은 가끔 수영장에 나타났다. 수영객이 아니라 히말라야에서 내려온 군자들처럼 보였다. 당연히 수영 같은 건 절대 하지 않았고 그저 물가에 앉아 길게 이야기를 주고받다가 돌아갔다.

"우리 카페 개업하고 밴드 결성했어요. 밴드 이름도 있어요. 열대 해적단."

우리는 모두 들떠서 툭툭을 타고 콘서트장을 향해 갔다. 그러나 개업한 카페라는 곳을 들어가는 순간 나는 얼어붙어 버렸다. 윤락녀들이 집단으로 모여 사는 철거 직전의 아파트였다. 이곳에 살면서 별별 지저분한 것을 다 보았지만 이런 곳까지는 와보지 못했다. 지저분한 아파트 옥상이 그 카페였다. 그러나 들어올 때의 공포와는 달리 옥상은 지저분한 것을 빼면 풍광이 나쁘지는 않았다. 멀리 강과 하늘이 보였고 해와 달을 원 없이 볼 수 있는 곳이었다. 옥상 바닥에는 손님들을 위해 때에 절고 금이 간 플라스틱 의자들이 여러 개 놓여 있었다. 잭이 맥주 한 박스와 연밥이 든 비닐봉지를 들고 왔다.

불꽃씨가 담배를 물고 기타를 퉁퉁 뜯으며 음을 맞추었다. 그사이 밴드 멤버들이 하나 둘 나타났다. 잭은 조그만 아코디언을 들었고 국적을 알 수

·

없는 대머리 아저씨가 나팔을 불었다. 깔끔한 흰색 와이셔츠를 입은 대사관 직원 같은 남자도 있었다. 그도 나팔을 들고 있었다. 그리스 신화에나 나올 것 같은 곱슬머리 금발의 청년도 있었다. 그는 바이올린을 켰다. 이 도시를 얼쩡거리다가 나 악기 좀 다룰 줄 알아요, 하는 사람은 그냥 다 모은 것 같았다.

노래하는 아가씨도 있었다. 여자가 노래하기 시작했을 때 나는 그녀를 알아보았다. 긴 발가락을 자유자재로 놀려 잭의 허벅지를 사정없이 꼬집어 대던 바로 그녀였다. 그녀의 금속성 목소리는 높고 날카롭고 청명했다. 평범한 음성이 아니었다. 저 밑바닥에 숨겨 둔 비밀과 슬픔을 끌어내는 주술적인 힘이 있었다. 연주는 불꽃씨의 기타를 제외하고는 다들 초보였다. 허술한 연주였다. 그러나 몇 되지 않은 관객들은 감동에 빠졌다. 그들의 얼굴은 막 사랑에 빠졌을 때의 열정에 사로잡히듯 음악에 빠져들었다. 연주하는 이들도 똑같은 마음이었다. 그들도 열정에 사로잡혀 음을 만들어 냈다. 첫눈에 알아보듯이 연주자와 관객은 서로 같이 사랑에 빠져들었다. 너무나 심취해 버려 먹먹해지고 할 말을 잃어버렸다. 연주하는 그들이, 깊게 귀 기울이며 빠져드는 관객들이, 음악에 흔들리며 물러서는 공기가, 너저분한 옥상의 더러운 의자가, 찌그러진 맥주 캔이 모두 아름답게 보였다. 인생을 사랑하게 만드는 연주였다.

어느새 밤이 깊었고 연주도 끝났다. 관객으로 있던 윤락녀 아가씨들이 맥주를 한 박스 사와서 두 배의 가격으로 팔았다. 우리는 맥주를 마셨고 열대 해적단은 관객과 상관없이 자기들끼리 계속해서 연주를 했다. 불꽃씨의 입에 있던 담배가 잭에게 갔다. 그것이 다시 누군가에게로 넘어가더니 나에게까지 왔다. 포근한 이 풀 냄새, 해피 담배였다. 나는 그것을 한 모금 더 연기를 빨아 마신 뒤 미미에게 넘겼다. 잠시 후 미미의 목구멍에서 연기와 함께 웃음소리가 터져 나왔다. 그 소리에 놀란 듯 갑자기 도시가 어두워졌다. 또 정전이었다. 어둠이 깊어지니 불꽃씨의 기타 연주가 선명하게 귓속으로 흘러 들어왔다. 어둠 속의 기타 소리는 구슬프고 신비하게 들렸다. 눈물이 쏟아질 것 같았다. 아, 그만. 슬픔을 참을 수 없다는 듯 어린 여자가 이렇게 외쳤다. 불꽃씨는 멈추지 않았다. 그는 고개를 좀 더 숙이고 기타를 품으며 웅크렸다. 이 밤이 다 사라질 때까지 기타를 칠 것 같았다.

열대 해적단은 그런대로 성공적으로 발을 내리기 시작했다. 우리는 해적단의 성공을 기념하기 위해 피크닉을 떠났다. 장소는 미미의 시댁, 그린 파파야의 본가였다. 미미는 우리를 위해 아기돼지 한 마리를 잡을 것이라고 말했다. 그러나 날을 잘못 잡았다. 빌린 지프차가 미미의 시댁 마당에 도착하는 순간 비바람이 몰아치기 시작했다. 이쪽저쪽에서 바람이 불고 코코넛 나뭇잎이 떨어져 날렸다. 천둥 번개가 치고 캄캄한 하늘이 몇 갈래로 찢어졌다. 이러다간 모두가 벼락에 맞아 죽을 것 같았다. 순식간에 세상이 온통 캄캄해져 버렸다.

우리는 모두 집 아래로 피신했다. 지붕에서 흘러내린 빗물이 물독 안으로 흘러 들어갔다. 비 때문에 한 치 앞이 보이지 않았다. 얼마 지나지 않아서 무엇인가 대문에서 마당으로 쿨렁쿨렁 흘러 들어왔다. 광폭한 흙탕물이었다. 어미돼지와 아기돼지들이 꿀꿀거리며 뛰어다녔다. 만삭의 시어머니와 시아버지, 그린파파야, 미미의 어린 도련님들과 아가씨들이 저마다 아기돼지들과 닭들을 집 안으로 올리고 평상 위로 올리느라 바삐 오갔다.

마당으로 흘러든 물은 순식간에 집 아래 나무 기둥을 휘감으며 위로 올라갔다. 무엇인가 내 다리를 툭 치며 지나갔다. 아주 큰 물고기였다. 이거 대체 무슨 일이야? 실제 상황 맞아? 잭이 미친 듯이 웃었다. 빗소리 때문에 그의 웃음소리가 들리지도 않았다. 그린파파야가 몽둥이를 들고 나타났다. 그는 물을 내리쳤다. 정확한 일격, 그 뒤로 양동이를 든 미미가 따라다니며 물고기를 건져 올렸다. 열대 해적단이 그 대열에 합류했다. 그들은 웃통을 벗고 물속에 몽둥이를 내리치며 물고기 잡이를 했다. 철퍼덕거리는 소리와 쾅, 으악 따위의 소리들이 난무했지만 물고기는 단 한 마리도 잡지 못했다. 대단한 피크닉이었다.

비는 갑자기 그쳐 버렸고 우리는 모두 집 안으로 올라갔다. 아기돼지들과 개와 닭들과 아이들로 난장판이었다. 열대 해적단은 아기돼지가 귀엽다고 안고 주무르고 사진을 찍어 댔다. 하늘은 파랗게 개었지만 길이 사라져 버렸고 담도 사라져 버렸다. 온통 물만이 사방에서 찰박거리고 있었다. 집 안이 아니라 보트 위에 앉아 있는 꼴이었다.

미미가 쓰러진 바나나나무에서 꺾은 바나나 둥치를 끌고 헤엄치듯이 다가왔다. 이제 그녀에게도 이름은 줘야겠다는 생각이 들었다. 그녀는 바나나였다. 잘 익은 노란색 향긋한 바나나. 아니, 바나나꽃이 더 좋겠다. 바나나에도 꽃 같은 것이 있다고 생각한 적이 없었다. 어느 날 꽃을 보았고 경탄했다. 아름답고 신기한 꽃이었다. 꽃잎 겹겹이 아기 바나나들이 한 손씩 들어앉아 귀여운 잠에 빠져 있었다. 평범하고 흔한 바나나를 위한 고귀한 꽃이었다. 한 개의 꽃에 대체 몇 개의 바나나가 열릴까, 미미가 올려 준 바나나 둥치에 매달린 것을 세어 보니 적어도 이백 개는 열린 것 같았다. 그래서 바나나는 결혼식 때 꼭 쓰이는 축복의 과일이었다. 그러니까 미미가 복 많은 여자라는 뜻이었다. 질투가 많이 나긴 했지만.

결국 우리는 아기돼지를 먹었다. 알고 보니 열대 해적단이 새끼들 중 가장 귀여워했던 돼지였다. 복슬강아지처럼 생겼다고 같이 사진도 찍었는데 결국 바비큐가 되어 버렸다. 아기돼지는 먹을 것이 너무 없었는데, 나는 미미의 어린 도련님들에게 남겨 주기 위해 발가락을 하나 들고 먹는 흉내만

냈다. 오후가 되어도 물이 빠지지 않았고 돌아갈 길이 보이지 않았다. 들판과 길이 온통 물바다가 되어 출렁였다. 마을 아이들이 나와서 길을 안내했다. 잭이 운전대를 잡았다. 그는 앞서 뛰어가는 아이들 꽁무니를 잘 쫓아가야 했다. 거기서 조금만 벗어나도 바로 논밭이었다. 차바퀴가 논구덩이로 빠지면 끝장이었다.

그린파파야가 물이 없는 도로가 나올 때까지 우리를 따라왔다. 헤어지기 전에 그가 창문으로 나에게 뭔가를 주었다. 붉은빛이 도는 황금색 꿀이 든 플라스틱 병이었다. 숲에서 직접 딴 야생 꿀이라고 했다. 고맙다고 해야하는데 아무 말도 못하고 말았다. 운전을 하던 잭이 힐끗 내 얼굴을 보더니 의미심장하게 웃었다. 이 자식은 너무 눈치가 빠르단 말이야. 물길을 벗어나 아스팔트에 이르자 차는 날듯 가볍게 달려갔다. 나는 뚜껑을 열어 그 안에 손을 담가 보았다. 꿀은 거의 빗물처럼 옅었다. 손을 빼내 입안에 넣어 보았다. 그 순간 나는 알았다. 지금 나는 내 생애 가장 아름다운 한때를 이곳에서 보내고 있다는 것을. 평생 이 꿀맛을 잊지 못할 것이라는 것을. 더이상 향이 날아가지 못하도록 나는 뚜껑을 꼭 닫고 가방 안에 넣었다. 이제 내 열대의 모든 맛은 이 꿀 속에 봉인되어 간직될 것이다.

● 에필로그

열대에서 나가는 문, 다시 나의 수영장

● 이 열대에서 나는 6년을 살았다. 그리고 사계절 나라로 돌아왔다. 시베리아 북서풍이 눈보라와 함께 휘몰아치는 곳, 귀마개와 장갑과 목도리가 필요한, 정신 차리고 살아야 하는 땅에서 떠올리는 열대는 긴 꿈을 꾸고 온 것만 같았다. 굽 높은 구두를 신고 빙판길을 걷노라면 내 발이 말했다. 맨발로 뜨거운 수영장을 걷고 싶다고. 외투에 감싸인 내 몸도 말했다. 부드러운 열대 공기에 살결을 내놓고 싶다고. 그리고 내 귀가 말했다. 찬바람 소리 대신 쏟아지는 우기의 빗소리를 듣고 싶다고. 그리고 내 혀가 말했다. 그 뜨거운 태양에 달콤해진 과일을 먹고 싶다고. 아니, 그 모든 것을 떠나 가장 그리운 것은 나의 열대 친구들이었다. 작은 수영장을 함께 나누어 썼던 그들은 잘 있는지, 그들이 보고 싶었다.

두 해가 지난 뒤 휴가차 열대로 갔다. 불꽃씨가 세상을 떠났다는 소식을 가장 먼저 알게 되었다. 잭은 아직도 거기에 있었다. 그는 별로 변하지 않은 것 같았다. 여전히 너저분한 머리카락에 낡아빠진 옷을 입고 있었고 이곳 사람들처럼 독한 땀 냄새가 훅 났다. 망고 아저씨는 소원대로 칼 가는 노인네가 되어 있었다. 그러나 그의 주업은 나무 그늘 아래 대나무로 엮은 일인용 평상에 누워 라디오를 듣는 것이었다. 그는 주로 잠을 잤고 가끔 칼을 갈았다. 그리고 머리 잘 감기는 여자가 싸준 비닐봉지를 열어 안에 든 것을 먹었다. 설익은 열대 과일들이었다. 소금에 절인 구아바와 망고, 물사과 같은 것들. 그가 프랑스식으로 내 볼에 입을 맞추며 인사했을 때 새콤 달콤 짭짤

하게 풋과일 냄새가 흠씬 났다. 정녕 그는 세상에서 가장 행복한 사나이 알
렉산더가 되어 있었다.

잭과 나는 뙤약볕을 걸어 메콩 강으로 갔다. 이곳에 불꽃씨와 그의 고물
기타 가루가 함께 뿌려졌다고 했다. 우리는 연꽃 다발과 향을 사서 손이 네
개인 비슈누 신에게 갔다. 불꽃씨의 극락왕생을 빌며 절을 했다. 그리고 새
장 안의 새 한 마리를 방생했다. 새는 메콩 강을 날아 하늘 어딘가로 사라졌
다. 우리는 다시 뙤약볕을 걸어갔다. 모토들이 우리를 향해 왔고 잭은 그들
과 이야기를 했다. 그는 이 나라 말을 꽤나 잘했다. 좀 달라진 것처럼 보였
다. 뭐랄까, 불꽃씨의 느낌이 났다. 그는 삶에서 무엇인가를 깨달아 버린 것
같았다. 내가 가진 것들, 말하자면 아파트나 자동차, 적금과 미래, 가족, 그
런 것을 넘어 버린 세상에 가 있었다. 지구 위의 같은 공기를 흡입하고 있었
지만 다른 세계에 가 있었다. 그는 충만해 보였다. 신경질과 강박 증세가 사
라져 있었다. 콧속으로 들어가 그를 살아 있게 하는 이 순간의 공기를 그냥
즐기고 있는 것처럼 보였다.

우리는 함께 모토 뒤에 올랐다. 목적지가 있는 것도 아닌데 이야기하다
보니 그냥 타게 되었다. 모토는 이 도시의 골목들을 방황하다가 그 옛날 수
영장이 있는 호텔로 갔다. 수영장은 그대로 거기 있었다. 우리는 파라솔 아
래 누웠다. 수영은 하지 않았다. 아무것도 변하지 않았지만 모든 것이 변한
느낌이었다. 강변에 깃발은 여전히 펄럭거렸고 시간이 되자 하늘에서는 폭

포처럼 붉은 노을이 강으로 떨어져 내렸다. 그는 맥주를 마셨고 나는 마가
리타를 마시며 두리안을 생각했다. 열대에서 돌아간 뒤 그 남자를 잊었는
지, 열병처럼 뜨거운 욕망은 잘 잠재웠는지, 강렬하게 흘러내리는 열대 노
을의 붉은 열기를 겨울 밤하늘의 별을 세면서 식히고 있지는 않는지 생각
하는 사이에 마가리타는 다 식어 버렸다. 미미와 그린파파야는 이곳에서
먼 국경 근처에 산다고 했다. 미미가 그곳에서 일을 하기 때문에 모두 그곳
으로 갔고, 그녀는 그린파파야의 아이를 하나 더 낳았다고 했다. 그 스님이
예언한 대로 이제까지도 잘했고 지금도 잘하고 있고 앞으로도 잘할 것 같
았다.

　잭은 그날 밤 자신의 그룹 '열대 해적단'이 부를 노래를 들려주었다. 이
나라 말이었다. 어쩌고저쩌고, 냐냐냐. 이러쿵저러쿵, 뇨뇨뇨……. 나는 해
석해 달라고 하지 않았다. 이마가 톡 튀어나오고 미간이 찌푸려진 것이, 무
엇인가를 진지하게 생각할 때의 그 표정으로 상상의 아코디언을 켜면서 노
래했다. 그는 인생의 길을 찾은 것 같았다. 찾았다 못 찾았다, 그런 건 나의
쓸데없는 생각이었다. 그는 그의 방식대로 즐겁게 살고 있었다.

　날씨는 그리 덥지 않았다. 우기의 끝이었다. 강물이 호텔 정원까지 올라
와 찰박거리고 있었다. 한껏 비가 온 뒤의 풍경이었다. 온화하고 촉촉하고
맑은 기운이 감돌고 있었다. 잭은 노래하기를 멈추고 눈을 감더니 잔잔하
게 숨을 쉬었다. 그가 뱉어 놓은 공기를 내가 다시 쉰다는 것이 좋았다. 열

대 공기니까.

잭이 윗도리를 벗었다. 등판에 몇 개의 문신이 더 늘어나 있었고 옆구리에는 두 개의 칼자국이 추가되어 있었다. 문제어른이 변덕이 생길 때마다 그려 놓은 낙서장 같은 몸이었다. 그의 말대로, 그런 유치한 문신과 심각한 칼자국은 그의 인생의 질을 높아 보이게 하지는 않았다. 그러나 그의 몸은 이렇게 말하고 있는 것 같았다. '뭐, 이 정도면 제대로 살고 있는 것 아닌가요? 그러니 여기서 끝, 더 이상 아무 말도 마세요.'

우리는 옷을 입은 채 수영장에 들어갔다. 열대에서나 가능한 짓이었다. 몸이 물에 젖는 순간 폐에서 무엇인가 튀어나왔는데 웃음이었다. 우리는 뒤로 누워 거꾸로 헤엄치며 돌아다녔다. 종일 태양을 받은 수영장 물은 열대 과일처럼 익어서 야릇한 냄새가 피어올랐다. 하늘은 캄캄했고 별은 없었다. 달이 떠 있었지만 빛이 새어 나오지 못하고 있었다. 우기의 마지막 비가 쏟아질 것 같은 하늘이었다. 어디선가 도마뱀이 울자 빗방울 하나가 툭 떨어져 내렸다. 마술의 세상이었다. 아무 때나 아무에게나 일어나는 것이 아니었다. 이 공기를 흠뻑 빨아들여야 했다. 이 밤이 지나고 나면 나는 알게 될 것이다. 내 인생에 또다시 짧고 아름다운 한순간이 사라졌다는 것을.

열대 탐닉

초판 1쇄 인쇄 | 2014년 9월 10일
초판 1쇄 발행 | 2014년 9월 15일

지은이 | 신이현
발행인 | 김우진

발행처 | 이야기가있는집
등록 | 2014년 2월 13일 · 제 2014-000062호
주소 | 서울시 마포구 월드컵북로 375, 2306 (DMC 이안오피스텔 1단지 2306호)
전화 | 02-6215-1245
팩스 | 02-6215-1246
전자우편 | editor@thestoryhouse.kr

ⓒ 신이현, 2014

ISBN 979-11-952471-3-4 (03810)

- 이야기가있는집은 (주)더스토리하우스의 문학출판브랜드입니다.
- 이 책 내용의 전부 또는 일부를 재사용하려면 반드시 양측의 동의를 받아야 합니다.
- 책값은 뒤표지에 있습니다.